MW01608644

LA BANQUE FERME À MIDI

Née à Londres en 1930, Ruth Rendell est d'abord journaliste, puis publie son premier roman, *Reviens-moi*, en 1964. Elle est aujourd'hui un des plus grands auteurs de romans policiers, l'une des trois « impératrices » du crime avec Agatha Christie et P.D. James.

Elle a obtenu un Edgar pour *Ces choses-là ne se font pas*, le Prix du meilleur roman policier anglais avec *Meurtre indexé* en 1975, le National Book Award en 1980 pour *Le Lac des Ténèbres*, et le Prix de la Crime Writers Association pour *L'Enveloppe mauve* en 1976. En France, elle a obtenu le Prix du Roman d'Aventures en 1982 pour *Le Maître de la lande*.

RUTH RENDELL

La Banque ferme à midi

ADAPTATION FRANÇAISE
DE JEAN-ANDRÉ ET CLAUDINE REY

LIBRAIRIE DES CHAMPS-ÉLYSÉES

Ce roman a paru sous le titre original :

MAKE DEATH LOVE ME

CHAPITRE PREMIER

Devant lui, sur son bureau, étaient étalées trente liasses, la plupart composées de billets de cinq livres, le tout représentant une somme de trois milles livres sterling. Il avait tiré cet argent du coffre lorsque Joyce était sortie pour aller déjeuner. Et il le contemplait d'un air rêveur. Depuis quelque temps, ce manège se répétait chaque jour. Mais il ne prenait jamais plus de trois mille livres, bien qu'il y en eût toujours au moins six dans le coffre. En effet, il avait calculé que trois mille représentaient exactement la somme qui lui aurait permis de se payer une année de liberté.

Cet argent éveillait en lui une sorte d'excitation, une fièvre semblable à celle que ressentent la plupart des hommes à propos des choses du sexe. Il le regardait, le tripotait, doucement d'abord, puis d'une main plus rude, comme s'il avait été sa propriété, comme s'il en avait possédé beaucoup d'autre. Il fourra deux liasses dans chacune des poches de son pantalon, puis se leva et se mit à arpenter son petit bureau. Il tira ensuite son portefeuille, qui ne contenait que deux billets d'une livre; il y en ajouta quarante et le replia. Il le soupesa, admirant l'épaisseur qu'il avait maintenant. Après quoi, il en retira trente-cinq billets, un à un, les comptant à mi-voix et faisant le geste de les laisser tomber négligemment dans une main imaginaire.

Il se sentit rougir, car il n'était pas dans ses intentions de voler cet argent. Il était fondé de pouvoir d'une minuscule succursale de l'Anglian-Victoria Bank, qu'il gérait seul avec une jeune caissière. Et si jamais trois mille livres venaient à disparaître en même temps que lui, on ne mettrait pas longtemps à en tirer des conclusions. D'ailleurs, ce qui le retenait de s'emparer de cet argent, ce n'était pas un quelconque sentiment de loyauté envers ses employeurs : c'était tout simplement la crainte d'être pris. Et puis, au fond de lui-même, il savait bien qu'il ne s'envolerait pas aussi facilement vers la liberté. Bien qu'il n'eût que trente-huit ans, il se sentait plus âgé que les autres hommes au même âge.

Au bout d'un moment, Alan Groombridge s'efforça de mettre un frein à ses fantasmes, se rendant parfaitement compte qu'il était en train de violer une des règles sacrées de la banque. En effet, il n'aurait pas dû être à même d'ouvrir le coffre tout seul : il n'aurait pas dû connaître la combinaison de Joyce, et elle n'aurait pas dû connaître la sienne à lui. La plupart du temps, il se sentait vaguement coupable en présence de la jeune comptable, car elle était foncièrement honnête et n'avait fait nulle objection pour lui indiquer sa propre combinaison le jour où il lui avait déclaré d'un ton patelin que le règlement était fait pour être enfreint.

En entendant rentrer la jeune fille par la porte de derrière, il fourra l'argent dans un tiroir. Joyce n'irait sûrement pas au coffre, car elle avait cinq cents livres dans sa caisse. Peu de clients venaient le mercredi après-midi, étant donné que, ce jour-là, les magasins fermaient à une heure pour ne rouvrir que le lendemain matin à neuf heures et demie.

– Voulez-vous que je vous prépare du café, Mr. Groombridge? demanda la jeune fille.

– Non, merci, Joyce. Il faut ouvrir : il est juste deux heures.

L'employée alla tourner la clef de la porte vitrée, puis celle de la lourde porte de chêne extérieure. Après quoi, elle retourna dans le bureau de Groombridge. De là, lorsque la porte de communication était ouverte, on pouvait voir entrer les clients. Elle se percha sur l'angle de la table et se mit à parler du déjeuner qu'elle venait de faire au *Childon Arms* en compagnie de son petit ami. Elle avait de très belles jambes, longues et bien tournées, des seins d'une exceptionnelle arrogance qui attiraient immanquablement l'attention des hommes, mais un visage assez quelconque.

– Nous ne pouvons pas encore nous marier, continua-t-elle, car Stephen n'a pas assez d'argent, et nous serions obligés d'habiter chez maman. Or, à mon avis, deux femmes dans une cuisine, ça ne va pas. Quel âge aviez-vous quand vous vous êtes marié, Mr. Groombridge?

Il aurait aimé pouvoir lui répondre vingt-deux ou même vingt-quatre, mais c'était impossible, car elle savait que Christopher était déjà grand.

– Dix-huit, dit-il d'un air gêné.

– Trop jeune, déclara Joyce d'un ton péremptoire. Ça peut aller pour une fille, mais un garçon doit être plus âgé que ça. A dix-huit ans, un homme n'est pas mûr.

– La plupart ne le sont jamais, dit Groombridge avec un haussement d'épaules désabusé.

La porte extérieure s'ouvrit au même moment. La jeune fille regagna son poste, derrière un guichet où son nom était inscrit en lettres noires : *Miss J.M. Culver*. Alan ouvrit son tiroir et considéra les trois mille livres. Cette somme lui permettrait de bien vivre pendant un an. Il pourrait avoir une chambre à lui, se faire des amis, acheter des livres et des disques, aller au théâtre, manger aux heures qui lui conviendraient et passer la nuit dehors s'il le désirait. Un an. Mais ensuite? Il prit l'argent et alla le replacer dans le coffre, situé dans une petite pièce attenante à son bureau.

Quelques instants plus tard, Pam téléphona. Elle le faisait chaque jour vers cette heure-là pour lui demander soit de ramener les articles d'épicerie commandés, soit de prendre Jillian à son collège.

Joyce referma les portes à trois heures et demie et se mit à faire sa caisse. Puis elle alla prendre son manteau, tandis que Groombridge enfilait son pardessus. Il garait sa voiture derrière la banque, dans une petite cour entourée de jasmin.

C'était une vieille Morris 1100, arborant un rétroviseur d'aile brisé qu'il n'avait pas les moyens de remplacer. Il habitait à cinq kilomètres de là, et il ne lui fallait que quelques minutes pour rentrer chez lui. Il avait acheté sa maison grâce à un prêt avantageux consenti par sa banque, et il se félicitait de n'avoir à payer qu'un intérêt de deux et demi pour cent. Il devait pourtant laisser sa voiture dans l'allée, car le garage avait dû être transformé en studio pour son beau-père.

Pam sortit de la maison pour prendre les articles d'épicerie qu'elle avait commandés. C'était une assez jolie femme de trente-sept ans, mais qui avait le défaut de trop se farder, ce qui la vieillissait de plusieurs années. Toutes les deux heures, elle disparaissait pour aller s'appliquer une nouvelle couche de rouge à lèvre; lorsqu'elle était jeune fille, la mode était aux lèvres d'un rose brillant. Sur une étagère de la cuisine, elle avait constamment un tube de rouge et un pot de fard à paupières.

Elle demanda à son mari si la journée s'était bien passée, puis se mit à parler du coût de la vie : c'était son habituel sujet de conversation lorsque son mari rentrait du travail. Alan passa dans le jardin, afin de retarder autant que faire se pouvait sa rencontre avec son beau-père. Mais, trouvant qu'il faisait un peu trop froid, il dut se résoudre à aller s'installer dans le living-room pour lire son journal. Son beau-père ne tarda pas à faire son apparition. Son nom était Wilfred Summitt, mais Alan et Pam l'appelaient Pop, tandis que Christopher et Jillian disaient Grandpop. Alan le détestait au plus haut degré et espérait qu'il ne tarderait pas à mourir. Mais cet événement paraissait assez improbable, car le grand-père n'avait que soixante-six ans et était aussi solide qu'un roc.

— Bonsoir tout le monde! lança Pop, comme s'il y avait eu quinze personnes dans la pièce.

Alan répondit brièvement sans lever la tête. Mais Pop abattit la main sur le journal pour le lui faire baisser.

— Alors, tout va bien? Quelque chose de nouveau dans cette feuille de chou?

Il se pencha par-dessus l'épaule de son gendre.

— Ah! grommela-t-il. Encore un hold-up en Ecosse. Et un caissier assassiné. Ce sera bientôt chez nous comme en Amérique, puisque les criminels ont maintenant la certitude de ne pas être pendus. Ça me rend nerveux de penser que vous travaillez dans une banque, Alan. Vous pourriez fort bien, un de ces jours, vous faire abattre d'un coup de pistolet, comme ce type de Glasgow. Et que deviendrait alors Pam, hein?

Alan fit observer que la succursale dont il était responsable était bien trop modeste pour attirer l'attention des voleurs.

– C'est évidemment une bonne chose que vous n'ayez jamais réussi à obtenir de l'avancement, ricana Pop.

Alan ne répondit pas. Il aurait aimé boire un verre, comme le faisaient beaucoup d'hommes en rentrant de leur travail, mais il n'osait pas. Il y avait bien du whisky et du gin dans le buffet, ainsi qu'une bouteille de xérès. Mais cela était réservé aux gens que l'on recevait. Rarement, d'ailleurs. Il se demanda pourtant ce que diraient Pam et Pop s'il se levait soudain pour aller se verser un scotch bien tassé.

Pam vint annoncer que le repas était servi, et on prit place dans ce que l'on appelait le coin repas. Christopher fit son apparition alors que le dîner était déjà fort avancé. Il travaillait chez un agent immobilier, lequel, d'ailleurs, le payait autant que la banque payait son père. Il donnait à sa mère cinq livres par semaine pour la nourriture et le logement. Alan trouvait cette somme dérisoire, car Christopher roulait sur l'or; mais quand il s'avisait de le faire remarquer, Pam piquait une crise et affirmait qu'il était indécent de prendre quoi que ce soit à ses propres enfants. Cette situation permettait au jeune homme d'arborer de beaux costumes et de conduire dans un club chic plusieurs fois par semaine une fille qu'il appelait sa « fiancée ».

Jillian ne parut pas au dîner. Pam expliqua qu'elle était restée au collège pour assister à la réunion de la compagnie dramatique et était ensuite allée prendre le thé chez son amie Sharon. Alan était certain que tout cela n'était que mensonge : sa fille était dans quelque coin discret en compagnie d'un garçon. Il était plus observateur que sa femme, et diverses choses vues et entendues l'avaient amené à la conclusion que Jillian – bien qu'ayant à peine quinze ans – n'était plus vierge depuis belle lurette. Bien sûr, il se rendait compte qu'il aurait dû débattre de cette question avec sa femme : non point pour raisonner Jillian qui, de toute manière, n'en ferait qu'à sa tête, mais au moins pour lui faire prendre la pilule. Seulement, il n'avait pu se résoudre à en parler à sa femme.

En dépit de l'égoïsme et des mauvaises manières de Christopher, c'était lui que préférait Alan; surtout parce que c'était son allié contre Wilfred Summitt. En effet, si quelqu'un avait des chances de faire déguerpir Pop, c'était bien lui. En ce moment même, il se lançait à l'attaque.

– Alors, Grandpop, tu as fait la bringue aujourd'hui? Je suppose que tu as emmené Mrs. Rogers boire un coup? Tu vas faire parler de toi, je t'assure. Tu sais comment sont les gens du quartier : toujours en train de jacasser.

En réalité, Pop ne buvait que de l'eau, et une des rares fois où il avait parlé à Mrs. Rogers, c'était dans la rue, au sujet du temps qu'il faisait; mais le hasard avait voulu que Christopher passât au même instant.

– Elle a un mari, insista le jeune homme. Et, par-dessus le marché, il est flic. Que diras-tu le jour où il te trouvera en train de peloter sa bonne femme derrière la mairie? « Excusez-moi, monsieur l'agent, j'avais un peu bu, et d'ailleurs, c'est elle qui m'a fait des avances. »

– Je te prie de surveiller tes propos! s'écria Pop. Et il ajouta en s'adressant à sa fille : – Pamela, est-ce que tu vas laisser ton garnement de fils m'insulter de cette manière?

— Chris, je crois que ça suffit comme ça, intervint Pam.

Quelques instants plus tard, Pam lavait la vaisselle, tandis que son mari l'essuyait. Christopher et son grand-père étaient dans le living-room en train de regarder une chanteuse de rock à la télévision. Le volume du son était au maximum, car Pop était un peu dur d'oreille. D'ailleurs, il se mit bientôt à déclarer que cette fille était une indécente salope et qu'elle mériterait bien de se faire tanner les fesses.

— Tu aimerais peut-être bien les lui tanner toi-même ricana Christopher. Quoi qu'il en soit, je te signale que le programme qui va suivre n'est pas destiné aux enfants. Formellement déconseillé à la première jeunesse, et même à la seconde. Tu ferais donc mieux d'aller faire dodo, Grandpop.

— Je ne m'abaisserai pas à te répondre, jeune vaurien.

Dès que le film eut commencé, Alan ouvrit calmement un livre. Le seul moment où il pouvait s'adonner à la lecture, c'était lorsque les autres regardaient la télévision, car Pam et son père affirmaient qu'il était impoli de lire en société.

CHAPITRE II

Jillian Groombridge traîna pendant près de deux heures devant le Palais des Attractions de Clacton. A huit heures, John Purford n'étant pas venu, elle se décida à prendre le train pour Stantwich et ensuite le car pour Stoke Mill. John, qui avait une vieille Singer, aurait pu la ramener jusque chez elle, et elle était encore plus contrariée de devoir dépenser son argent de poche que d'avoir fait le poireau.

Elle n'avait rencontré John qu'une seule fois, le samedi précédent. Elle l'avait levé près d'un distributeur de jus de fruits, et elle s'était fait ramener à neuf heures parce qu'elle devait être rentrée à dix heures et demie. Ce qui avait amené le jeune homme à se dire qu'il n'y avait rien à faire. En quoi il se trompait. Jillian étant ce qu'elle était, il y avait au contraire beaucoup à faire : le grand jeu sur la banquette arrière de la Singer, garée dans un chemin de campagne. Après cela il avait été abasourdi et passablement décontenancé d'apprendre qu'elle était la fille d'un directeur de banque. Il n'était, lui, que le fils d'un ouvrier agricole, et il la trouvait naturellement fort au-dessus de lui. Mais elle lui apprit que la banque dont son père était responsable, à Chilton, n'était que la minuscule succursale de l'Anglian-Victoria. Il n'y avait jamais plus de sept mille livres dans le coffre, expliqua la jeune fille, et son père y était seul avec une jeune caissière. On fermait même à l'heure du déjeuner, ce qui prouvait bien que c'était un petit truc de rien du tout.

John avait déposé sa nouvelle petite amie à Stoke Mill en lui demandant s'il ne pourrait pas la revoir le mercredi suivant. Cependant, quand il se retrouva seul, il se mit à réfléchir. La fille était assez jolie, mais un peu trop facile pour son goût, et il doutait qu'elle eût dix-sept ans comme elle le lui avait déclaré. Il était probable qu'elle n'en avait même pas quinze. Aussi, le mercredi suivant, ne fut-il pas au rendez-vous.

Le lendemain jeudi, alors qu'il transportait à Londres un camion chargé de casiers à livres, il fit halte à la sortie du périphérique nord pour manger un sandwich et boire une tasse de thé dans un café. Il était là depuis quelques minutes à peine lorsqu'il vit entrer Marty Foster. Il ne l'avait pas vu depuis l'époque – neuf ans plus tôt – où ils avaient quitté ensemble l'école primaire de Colchester. Et il ne l'aurait pas reconnu, avec sa barbe et ses cheveux mal taillés, si l'autre n'était venu s'asseoir à sa table en compagnie d'un grand type aux cheveux blonds qu'il appelait Nigel.

– Et que diable es-tu devenu, depuis tout ce temps? demanda Marty.

John expliqua qu'il était associé à un ébéniste de ses amis et s'occupait du transport des meubles. Les affaires marchaient bien, et il n'avait pas à se plaindre. Marty rétorqua qu'il n'avait pas la même chance : il était sans travail depuis six mois, et il vivait – tout comme Nigel – de l'indemnité de chômage.

16

– Si on peut appeler ça vivre, grommela-t-il.

– D'ailleurs, intervint son compagnon, à quoi ça sert de travailler? On vous reprend tout en taxes et en impôts. Les gars qui ont eu une bonne idée, ce sont ceux qui viennent d'attaquer cette banque de Glasgow. Là-dessus, y a pas de taxes.

– Entièrement d'accord, dit Marty.

John haussa les épaules.

– Ça ne vaut pas le coup de risquer la cabane pour ça, affirma-t-il. Vos gars de Glasgow sont repartis avec vingt mille livres; et ils étaient quatre à se partager ça! Prenez la petite succursale de l'Anglia-Victoria à Childon – tu connais Childon, Marty – eh bien, il n'y a jamais plus de sept mille livres dans le coffre. Deux gars qui seraient assez cons pour faire un casse s'en iraient avec moins de trois briques chacun. Et il leur faudrait encore s'occuper du directeur et de son employée.

– Tu sembles en savoir un bout là-dessus, fit remarquer Marty.

John sentit qu'il avait impressionné ses deux compagnons avec son travail et sa relative aisance. Il ne put résister à la tentation de leur en mettre plein la vue.

– Je connais la fille du directeur, continua-t-il. Je la connais même... très bien, si vous voyez ce que je veux dire. Elle s'appelle Jillian Groombridge et habite dans une de ces constructions modernes de Stoke Mill.

Marty avait l'air effectivement impressionné; Nigel beaucoup moins.

– Dommage que les banques ne ferment pas à l'heure du déjeuner, dit le premier. Dans une petite boîte comme celle de Childon, pendant que Groombridge et la môme iraient croûter, ce serait de la rigolade.

– Ne sois pas idiot, intervint Nigel. Ce serait de la rigolade si on trouvait tout ouvert : la porte d'entrée et celle du coffre. Et si on te disait : « Mais entrez donc! Vous gênez pas : vous avez plus besoin d'argent que nous! » Là, oui, ce serait de la rigolade. Seulement, voilà : en Angleterre, les banques ne ferment pas à l'heure du déjeuner.

John ne put s'empêcher de rire.

– Erreur, dit-il. La succursale de Childon ferme.

Puis il songea que cette conversaton était allée assez loin. Spéculer sur ce qui pourrait être ou ne pas être ne servait à rien. C'était même une maladie qui amenait les types comme Marty et Nigel là où ils se trouvaient. Mieux valait un travail honnête. Il se mit à parler de choses et d'autres jusqu'au moment où il fut l'heure de repartir.

Marty Foster avait vingt et un ans, et il était, lui aussi, le fils d'un ouvrier agricole. Après avoir quitté l'école, il avait travaillé pendant un an dans une fabrique de pinceaux. Puis sa mère s'était enfuie avec un chauffeur de camion. A la maison, la vie était devenu si pénible qu'il était parti, lui aussi, pour louer une chambre à Stantwich. Il avait trouvé un autre emploi dans un garden centre, jusqu'au jour où on l'avait mis à la porte pour avoir grossièrement insulté un client. Il avait ensuite travaillé dans un entrepôt d'Oxford Street, et c'est là qu'il avait rencontré Nigel Thaxby. Il avait, à ce moment-là, une chambre dans une ruelle du quartier de Cricklewood, et son seul but était de cesser de travailler pour se faire entretenir aux frais de l'Etat, grâce à une gentille indemnité de chômage.

Nigel Thaxby avait le même âge. C'était le fils d'un médecin généraliste d'Elstree. Il avait fait des études dans un petit lycée assez minable et, bien que fort mal nourri, il s'était peu à peu transformé en un beau jeune homme aux cheveux blonds, qui ne mesurait pas moins d'un mètre quatre-vingts. Les menaces de son père et les larmes de sa mère étaient parvenus à l'aiguiller sur l'université du Kent. Là, il avait commencé par se dire que s'il obtenait un diplôme, il n'aurait sans doute pas de travail. Et si, par hasard, il en avait, il se retrouverait plus tard dans la même situation que ses parents : une maison comme la leur, un mariage comme le leur, une voiture neuve tous les quatre ans... Ce n'était pas cela qu'il souhaitait. Aussi avait-il quitté l'université avant qu'on ne le chassât. Il était parti pour Londres, s'était plus ou moins intégré à une communauté de hippies, et avait fini par échouer dans cet entrepôt d'Oxford Street où il avait fait la connaissance de Marty Foster. Bien que moins intelligent, ce dernier lui avait bientôt fait remarquer que c'était idiot de travailler, alors qu'on pouvait être payé à ne rien faire. Au moment où ils avaient rencontré John Purford. Nigel habitait tantôt avec Marty, tantôt dans cette communauté de hippies de Kensington. Bien entendu, tous deux émargeaient à la Caisse de chômage.

– Comme l'a dit ton copain, ça ne vaudrait pas le coup, déclara Nigel. Même pour six ou sept briques.
– Il faut débuter sur une petite échelle, fit remarquer Marty. C'est une façon d'apprendre le métier. Il nous suffirait de faucher une bagnole. Et ça, je m'en charge : j'ai des clefs qui vont sur n'importe quelle Ford Escort.
– Peux-tu te procurer un calibre? demanda Nigel après un instant de réflexion.

– J'en ai un, déclara Marty, tout fier de pouvoir – une fois n'était pas coutume – impressionner son copain. Même un expert ne verrait pas la différence.

– Tu veux dire que c'est un pistolet bidon?

– Un calibre, c'est un calibre, répliqua Marty. Ce qui compte, ce n'est pas ce qu'il fait, mais ce que les gens croient qu'il peut faire.

– Tu as sans doute raison, reconnut Nigel. Si tu es d'accord, on pourrait peut-être faire un saut jusqu'à Childon et jeter un coup d'œil à cette boîte.

Nigel commença par se rendre à Elstree et, choisissant le moment où son père était occupé dans son cabinet, se fit remettre vingt livres par sa mère. Celle-ci pleura en disant que Nigel brisait le cœur de ses parents, mais le jeune homme lui fit croire que cette somme était destinée à payer son voyage jusqu'à Newcastle, où il avait un emploi en vue. Une heure plus tard – c'était le jeudi 28 février –, Marty et lui prenaient le train pour Stantwich, puis le car pour Childon, où ils arrivèrent à midi.

Ils examinèrent d'abord les alentours de la banque, repérèrent le passage conduisant à la cour de derrière, où Mr. Groombridge garait sa voiture. Sur un côté de cette cour, un petit bâtiment qui ressemblait à une écurie désaffectée; de l'autre, un petit verger. En face de la banque, s'élevait une chapelle méthodiste; au-delà, ce n'étaient que des champs. Le magasin le plus proche se trouvait à une bonne centaine de mètres.

Marty pénétra dans la banque. Derrière son guichet, Miss J.M. Culver était occupée à mettre des pièces dans des petits sachets de plastique, tout en bavardant avec un client. Marty s'avança vers l'autre guichet, sur lequel était inscrit le nom Mr. A.J. Groombridge. Il n'y avait personne derrière; mais, par la porte ouverte d'un petit bureau, il apercevait un homme penché sur sa table de travail. Il se demanda où pouvait se trouver le coffre : sans doute dans ce bureau. Il se dit qu'il en avait assez vu, et il s'apprêtait à ressortir lorsque Groombridge se redressa. Apercevant celui qu'il prenait pour un client, il se leva et se dirigea vers le guichet. Marty chercha dans sa tête ce qu'il allait pouvoir dire. Il demanda si on pouvait lui échanger un billet d'une livre contre vingt pièces de cinq *pence*, dont il avait besoin, expliqua-t-il, pour les parc-mètres. Groombridge lui compta les pièces, prit le billet en échange, et Marty se retira.

Il mourait de soif et aurait aimé boire un verre au pub local. Mais Nigel l'en dissuada.

– Tu boiras à Stantwich, dit-il. Inutile de nous faire repérer par les gens du coin.

Ils se contentèrent donc de flâner jusqu'à une heure moins cinq. Alors, Nigel entra dans la banque, au moment où une femme d'âge moyen en sortait. La jeune caissière était seule. Il lui déclara vouloir ouvrir un compte; mais elle lui répondit que, le directeur étant allé déjeuner, il lui faudrait revenir après deux heures. Elle le suivit jusqu'à la porte, qu'elle referma à clef derrière lui. Nigel rejoignit Marty, qui lui déclara avoir vu sortir Groombridge par la porte de derrière. Il était parti en voiture.

– Je suppose qu'ils s'absentent pour déjeuner un jour sur deux, à tour de rôle, conclut Nigel. Ce qui signifie que la nana sortira demain et son patron lundi. C'est donc lundi qu'il nous faudra opérer. La fille sera seule, et ce sera du gâteau.

CHAPITRE III

Alan Groombridge avait appris dans les romans que l'on tombe parfois amoureux. On prétend d'ailleurs que c'est de cette manière que l'apprennent la plupart des gens. Il avait lu que la chose avait été inventée au Moyen Age par un certain Chrétien de Troyes, mais il ne l'avait pas encore expérimentée lui-même.

Avec Pam, il n'avait jamais été question d'être amoureux. Il l'avait simplement emmenée au bal deux ou trois fois et, un certain soir, avant de rentrer, ils avaient fait halte dans un champ. C'était la première fois, aussi bien pour lui que pour elle, et la chose n'avait pas été désagréable; mais sans plus, car il n'avait même pas tenté de recommencer. C'est ce soir-là, dans ce champ, que Christopher avait été conçu. Il avait été convenu, naturellement, qu'ils se marieraient avant que l'on pût voir à l'œil nu l'état de la jeune fille. Pam voulut une bague de fiançailles – bien qu'ils n'eussent jamais été fiancés –, et Alan avait emprunté vingt-cinq livres à son père pour en faire l'acquisition.

Christopher était né et, quatre ans plus tard, Pam avait déclaré qu'il serait temps de faire un autre bébé. Avec deux enfants, il était impossible de sortir le soir, car on ne pouvait trouver personne pour les garder. Alan se mit alors à lire. Avant son mariage, il n'avait jamais beaucoup lu, car son père affirmait que c'était une perte de temps pour un jeune homme qui allait travailler sur des chiffres. Cependant, vers vingt-cinq ans, il s'était inscrit à la Bibliothèque municipale de Stantwich, dévorant tous les livres policiers et d'aventures qui lui tombaient sous la main. Vers sa trentième année, il lut par hasard un roman dans lequel on citait quelques vers d'un sonnet de Shakespeare. Ce fut une illumination pour un homme qui ignorait la poésie, et, la semaine suivante, il prit à la bibliothèque les *Sonnets* de Shakespeare. De là, il passa aux grands romans classiques, puis à des pièces de théâtre – en prose et en vers – à des ouvrages de critique aussi. Dès lors, il était perdu : son esprit avivé, ses facultés de perception accrues, il devint mécontent de son sort. Il y avait donc au monde d'autres choses, d'autres êtres, d'autres préoccupations que Pam et les enfants, la banque, le shopping du samedi, la télévision et les vacances à l'île de Wight. A moins que tous ces auteurs ne fussent des menteurs, il existait une vie intérieure, une expérience extérieure, un nombre infini de choses à voir et à faire. Et la passion existait aussi.

Il voulait tomber amoureux, il voulait vivre, voir des choses, explorer et découvrir. Comprendre. Mais tout cela était impossible pour un homme marié, qui avait deux enfants, un beau-père et un poste à l'Anglian-Victoria Bank. D'ailleurs, de qui pourrait-il tomber amoureux? Il se voyait se rendant chez ses amis les Heysham, un samedi matin où il trouverait Wendy toute seule. Et ils tomberaient amoureux l'un de l'autre. Comme Lancelot et Guenièvre. Comme Tristant et Yseult. Il avait également songé à Joyce pour tenir le rôle de l'amoureuse. Elle pourrait entrer un jour dans son bureau, après la fermeture de la banque; il la prendrait dans ses bras et... Mais il savait que c'était impossible. Il imaginait aussi souvent une fille grande et mince, souple et sinueuse, avec de longs cheveux noirs. Elle lui aurait demandé un rendez-vous pour discuter d'un emprunt bancaire. Et, au premier regard, tous deux sentiraient qu'ils étaient irrévocablement liés l'un à l'autre.

Cela ne lui arriverait jamais. Cela ne semblait d'ailleurs plus arriver à personne. Mais jamais on n'expliquait comment on tombait amoureux. Parfois, il se disait que la possession de trois mille livres pourrait, entre autres choses, lui faire rencontrer l'amour. Ce jeudi, il tira de nouveau cet argent du coffre en prenant la décision que c'était la dernière fois. Et il cesserait aussi de lire Yeats, Forster ou Conrad, ces séducteurs de l'esprit. Il se cantonnerait dans les mémoires et les biographies, ainsi qu'il convenait à un directeur de banque sensé.

L'Anglian-Victoria ne s'opposait pas à ce que son personnel de Childon s'absentât à l'heure du déjeuner, à condition que tout l'argent fût dans le coffre. Mais, en fait, Alan et Joyce n'étaient jamais absents en même temps. Joyce restait à la banque le lundi et le jeudi, car son Stephen ne travaillait pas à Childon ces jours-là, et il n'y avait personne pour l'emmener au pub. Elle apportait des sandwiches qu'elle mangeait au bureau. Alan apportait des sandwiches tous les jours, car il n'avait pas les moyens de se payer un repas à l'extérieur. Pourtant, le lundi et le jeudi, il quittait la banque, et Joyce elle-même ignorait où il se rendait. La vérité était pourtant simple. Il partait en voiture, s'arrêtait dans un chemin de traverse et mangeait ses sandwiches; au printemps et en été, il descendait pour aller s'installer dans un champ. Cela lui procurait deux heures par semaine de paix et de complète solitude.

Ce vendredi-là, 1er mars, Joyce se rendit comme d'habitude au *Childon Arms* en compagnie de Stephen, et Alan s'en tint à sa décision de ne pas prendre les trois mille livres dans le coffre.

Le week-end commença par des achats à Stantwich, et Alan se rendit à la Bibliothèque municipale pour y emprunter les mémoires d'un auteur dramatique. Il prit le repas avec Pam et Wilfred, Christopher ne rentrant jamais déjeuner le samedi. Il se levait à dix heures, briquait sa voiture et emmenait à Londres la petite coiffeuse de dix-sept ans qu'il appelait sa fiancée. Quant à Jillian, elle venait déjeuner quand elle n'avait rien d'autre à faire. Ce samedi-là, elle avait certainement quelque chose de mieux, mais elle ne daignait jamais mettre ses parents au courant de ses activités.

Dans l'après-midi, Alan arracha les mauvaises herbes du jardin, Pam répara l'ourlet d'une robe, et Wilfred fit un petit somme. Au moment du thé, il annonça que les gangsters de Glasgow avaient été arrêtés. Il l'avait appris par la radio.

– Ce qu'il nous faudrait ici, continua-t-il, c'est une bonne chaise électrique. Et l'armée devrait bien prendre le pays en main, avec à sa tête un général qui ne plaisanterait pas. L'armée, c'est cela qu'il nous faut. Et traiter les récalcitrants à grands coups de pied dans le cul!

Alan retourna au jardin. Quand il rentra dans sa maison, Jillian était revenue. Assise en tailleur sur le tapis du salon, elle était en train de se sécher les cheveux à l'aide d'un appareil horriblement bruyant, tandis que Pop essayait sans grand succès de regarder la télévision. Alan ne pouvait s'empêcher de le plaindre un peu. Heureusement que Jillian n'était pas souvent là. Car lorsqu'elle y était, elle se transformait en un véritable petit tyran égoïste et hargneux.

– Tu n'as pas oublié que nous allons passer la soirée chez les Heysham, n'est-ce pas? demanda Pam à son mari.

Alan l'avait oublié, et la question était destinée à lui rappeler qu'il devait aller s'habiller. Naturellement, ils n'étaient pas invités à dîner, et la « soirée » se réduisait à deux verres de xérès ou de whisky à l'eau. Dick Heysham était d'ailleurs un brave type, et il n'aurait vu aucun inconvénient à ce que Groombridge arrivât vêtu d'un vieux pantalon et d'un chandail. Mais Pam en avait décidé autrement.

Jillian annonça qu'elle allait, en compagnie de Sharon, faire une partie de scrabble chez une camarade du nom de Brigitte. Alan se dit qu'il était extrêmement pratique pour sa fille que la prénommée Brigitte habitât une villa sans téléphone.

– Sois de retour à dix heures et demie, n'est-ce pas? dit Pam.

– Bien sûr, maman. Tu sais bien que je rentre toujours avant.

Pam était persuadée, dans sa naïveté, que les rapports sexuels ont toujours lieu après dix heures trente et que, jusqu'à ce moment-là, il ne peut rien se passer.

Jillian souriait d'un air si suave derrière ses longs cheveux que sa mère osa lui suggérer de s'écarter un peu pour permettre à Pop de voir l'écran.

– Pourquoi ne va-t-il pas regarder la télé dans sa chambre? répliqua la jeune fille. Il a un poste tout neuf.

Personne ne répondit. Pam monta prendre un bain, et elle redescendit un peu plus tard vêtue d'une longue jupe et d'un corsage de dentelle, les cheveux laqués; les lèvres d'un rose brillant. Alan s'était rasé et habillé. Tous deux paraissaient ainsi beaucoup plus jeunes.

Chez les Heysham, il y avait toujours deux groupes : les hommes d'un côté, les femmes de l'autre. Les premiers discutaient de leur travail, de leurs voitures, de la situation politique et du coût de la vie. Les femmes parlaient de leurs enfants, de leurs maisons et aussi du coût de la vie. Au bout d'une heure. Pam disparut dans la salle de bain pour revenir avec une nouvelle couche de rouge à lèvres. A dix heures et demie, tout le monde mourait d'ennui. Mais Alan et Pam se devaient de rester encore un peu; sinon, les Heysham auraient pensé qu'il y avait quelque chose d'anormal. En effet, chez eux, les soirées se terminaient invariablement à onze heures.

Lorsque Pam et Alan regagnèrent leur domicile, Pop s'était retiré dans son studio, et Jillian était dans la salle de bain. Dieu seul pouvait savoir où se trouvait Christopher. Il était probable qu'il ne rentrerait pas avant une ou deux heures du matin. Jillian laissa la baignoire sale et des serviettes mouillées sur le sol. Puis elle regagna sa chambre et se mit à jouer un mauvais disque de rock, lequel faisait un boucan infernal. Alan aurait voulu trouver le courage d'aller couper le courant au compteur. Mais Pam et lui restaient couchés sans rien dire, la lumière allumée et feignant de ne pas entendre l'affreuse cacophonie. Enfin, le tintamarre cessa :

sans doute parce que la seconde face du disque était terminée et que Jillian s'était endormie.

Un silence profond régnait maintenant dans la maison. Pam avait les yeux ouverts, et elle fixait les rayons de la lune qui striaient le plafond. Alan se dit qu'il devrait lui faire l'amour. Il se mit à imaginer la fille aux longs cheveux noirs se présentant à son bureau : cette fois, elle désirait des lires pour aller passer ses vacances à Portofino. A quoi pouvait bien songer Pam? Il l'ignorait, mais il était persuadé que son esprit vagabondait aussi...

C'était la dernière fois qu'il lui faisait l'amour, mais il l'ignorait. S'il l'avait su, il se serait sans doute appliqué davantage.

CHAPITRE IV

La chambre de Marty Foster, à Cricklewood, se trouvait tout en haut de la maison, au deuxième étage. Elle était assez grande et comportait deux fenêtres qui donnaient sur la rue. La cuisine, attenante à la chambre, en possédait une troisième. Marty n'avait jamais réussi à en ouvrir aucune; il est vrai qu'il ne s'était pas donné beaucoup de mal pour ça. Il dormait sur un matelas posé à même le plancher, mais il y avait aussi dans la pièce un canapé, une table à abattants marquée de ronds blancs et de brûlures de cigarettes, deux chaises branlantes, un tapis avec des fleurs roses et des taches de café. Aux fenêtres, des rideaux de coton qui laissaient échapper un nuage de poussière chaque fois que l'on essayait de les écarter. Dans la cuisine, un réchaud à gaz, un évier, une autre table à abattants et une bibliothèque qui servait de buffet. Il était visible que personne n'avait nettoyé l'appartement depuis des années.

Au même étage, logeaient une Irlandaise dont la chambre donnait sur l'entrée de derrière, et un vieillard complètement sourd du nom de Green. Les toilettes se trouvaient sur le palier, entre le haut de l'escalier et la chambre de la jeune fille. En descendant une douzaine de marches, on arrivait à la salle de bains qui servait à tous les locataires du dernier étage. Au premier, habitait une jeune femme aux cheveux d'un roux flamboyant et celui qu'elle appelait son « homme ». Le rez-de-chaussée était occupé par un couple qui travaillait à l'extérieur et que l'on ne voyait jamais. Près de la porte de la salle de bains se trouvait un taxiphone.

Le samedi, Marty téléphona à une agence de location de voitures. Il avait, en effet, abandonné l'idée d'en voler une. Aussi demanda-t-il si on pouvait louer une fourgonnette pour le lundi matin neuf heures. C'était possible, à condition de fournir son nom et d'apporter avec lui son permis de conduire. Il donna le nom inscrit sur le permis qu'il avait en sa possession et qui avait été délivré à un certain Graham Francis Coleman, domicilié à Wallington dans le Surrey. Ce permis, Marty l'avait chipé dans la poche d'une veste que son propriétaire avait imprudemment laissée sur le siège arrière de sa voiture. Il téléphona ensuite à Nigel pour lui demander s'il avait de l'argent. Sur la somme fournie par la mère de celui-ci, il ne restait que dix livres, mais cela devrait suffire.

Marty descendit pour répondre au coup de sonnette de Nigel. Il sentait le vin bon marché qu'il avait bu, et un verre à demi plein était encore sur la table de la cuisine. Le vin était sa boisson habituelle, et il en buvait autant que les autres boivent du thé ou de l'eau.

Il vida son verre, puis tira de dessous son matelas un objet qu'il tendit à son camarade. C'était un petit pistolet muni d'un canon d'une quinzaine de centimètres de long. Nigel posa son index sur la détente et essaya de presser. Elle ne bougea que d'un millimètre.

Il fit tourner le pistolet entre ses mains et se mit à l'examiner. Il ne put résister à la tentation de plastronner.

– Calibre 9 mm, fabriqué en Allemagne de l'Ouest. On peut acheter ce genre de truc chez les marchands de cycles, et on s'en sert dans les films. Mais ça coûte cher. Où as-tu pris le fric pour acheter ça?

Marty n'était pas disposé à lui apprendre qu'il avait touché l'assurance que sa mère avait prise à son nom des années auparavant.

– Donne-moi ça, dit-il en reprenant le pistolet.

Nigel lui montra une paire de bas noirs qu'il avait trouvés dans une pile de linge sale de la communauté. Ils appartenaient à une fille du nom de Sarah qui les portait parfois pour produire un effet sexy.

– Ce qui importe le plus, c'est l'horaire, expliqua Nigel. Nous arrivons à la banque un peu avant une heure, et nous laissons la bagnole dans la rue de derrière. Quand la gonzesse viendra fermer, ça voudra dire que Groombridge se tire. Nous nous collons les bas sur la tronche, nous fonçons sur la fille et nous refermons la porte derrière nous. Nous lui faisons ouvrir le coffre et nous la ficelons afin qu'elle ne puisse pas appeler les flics. A propos, as-tu les gants?

– Non! J'ai oublié...

– Tâche d'en dégoter deux paires lundi matin en allant chercher la bagnole. Et tu iras aussi te faire couper les cheveux et la barbe.

Marty protesta, mais ce n'était qu'une manière de dissimuler la frousse qui s'emparait maintenant de lui, confronté avec la réalité de l'entreprise dans laquelle il s'engageait. Il ne lui vint pas à l'idée que Nigel pouvait avoir aussi peur que lui. Tous deux se rendaient compte qu'ils avaient insuffisamment préparé cette affaire, qu'ils ne tenaient leur expérience que des romans et des films, qu'ils ignoraient tout des systèmes de sécurité utilisés dans les banques. Mais aucun des deux n'aurait voulu l'admettre. A la vérité, ils n'avaient pas la moindre sympathie l'un pour l'autre. Marty s'était lié à Nigel parce qu'il était flatté de fréquenter le fils d'un médecin; quant à Nigel il cherchait quelqu'un qui lui fût inférieur et qu'il pût impressionner.

Le dimanche soir, Joyce Culver repassa la robe qu'elle avait l'intention de porter le lendemain, à l'occasion des noces d'argent de ses parents.

Alan Groombridge se plongea dans la lecture, tandis que sa famille – à l'exception de Jillian – regardait la télévision. La jeune fille était au même moment dans un cinéma de Stantwich en compagnie d'un vendeur de produits de beauté, âgé de trente-cinq ans. L'homme avait promis de la ramener chez elle pour dix heures trente et, ne la connaissant pas, il doutait qu'il y eût quelque chose à faire sur le chemin de retour.

John Purford, en compagnie de cinquante autres fanatiques de l'automobile, décollait de Gatwick à destination de New York, puis de la Floride.

CHAPITRE V

Le lundi matin, il pleuvait à torrent. Il faisait si sombre, dans le coin repas, que les Groombridge durent allumer leur rampe au néon, qui émettait une lumière blafarde. Wilfred enfourcha de nouveau son cheval de bataille : la prise du pouvoir par l'armée. Il poursuivit son exposé en expliquant comment mettre un terme à la gestion scandaleuse de la Sécurité Sociale, et il termina en prônant le renvoi obligatoire et immédiat de tous les étrangers. Christopher répliqua en exposant ses propres théories : l'euthanasie pour toutes les personnes ayant dépassé soixante ans et l'entière liberté sexuelle pour toutes celles n'ayant pas atteint trente. Pendant ce temps, Jillian était fort occupée à se peigner au-dessus d'une assiette de corn-flakes, tandis que Pam discutait sur le fait de savoir s'il lui serait possible, sans avoir recours à un coiffeur, de faire des mèches blondes dans ses cheveux noirs. Tout cela réuni faisait un raffut insupportable, et Alan se demandait ce qu'il éprouverait si un agent de police se présentait à la banque à dix heures pour lui annoncer que l'explosion d'une conduite de gaz avait tué toute sa famille cinq minutes après son départ. Sans doute regretterait-il un peu Pam et Christopher.

Arrivé à la banque, il laissa ses sandwiches dans la voiture, parce que le lundi était un des jours où il allait manger dehors. En même temps que son manteau, Joyce avait accroché une robe du soir dans la penderie. Ses parents célébraient aujourd'hui leurs noces d'argent, et elle devait se rendre directement de son travail au *Toll House Hotel* où aurait lieu le repas.

Marty montra à l'employée du garage le permis de conduire au nom de Graham Coleman et déclara qu'il avait vingt-quatre ans. La jeune fille exigea le versement d'une somme de dix livres, et il partit avec une fourgonnette en parfait état. Quand il eut parcouru quelques kilomètres, il fit halte devant un salon de coiffure pour se faire couper les cheveux et raser sa barbe. Il se trouva méconnaissable. Il lui vint à l'idée qu'il avait autre chose à faire – ou à acheter – mais il lui fut impossible de se souvenir de quoi il s'agissait. Il se rendit à Cricklewood pour prendre Nigel.

Dans le seul but de contrarier son compagnon, Marty n'emprunta pas le périphérique, de sorte qu'il était plus de onze heures lorsqu'on se trouva sur la route de Chelmsford.

– Au fond, dit Nigel, ce calibre peut nous être utile. Tu as ton bas, et nous pourrons fourrer le fric dans ce sac. A propos montre-moi un peu ces gants.

– Nom de Dieu! s'écria Marty. Je savais bien que j'oubliais quelque chose!

Nigel allait protester violemment lorsqu'il se rendit compte que Marty conduisait depuis le début avec les mains nues et que lui-même avait promené ses doigts un peu partout.

– Nous nous arrêterons à Colchester pour en acheter, dit-il, et il nous faudra aussi effacer nos empreintes dans cette putain de fourgonnette.

– Nous n'avons pas le temps de nous arrêter, déclara Marty : il est déjà onze heures et demie.

– Il le faut pourtant. Bougre de con, si tu avais pris le périphérique au lieu de nous balader dans les petites rues, il ne serait pas onze heures et demie.

Il y a trente-sept kilomètres de Chelmsford à Colchester. Marty les parcourut en vingt minutes, au grand dam du moteur de la fourgonnette. Mais il est pratiquement impossible de garer une voiture dans les rues étroites et tortueuses de Colchester, qui a la réputation d'être la plus vieille ville d'Angleterre. Les deux complices durent laisser leur véhicule dans un parking à étages et se rendre ensuite dans un magasin. Lorsqu'ils eurent acheté les gants – en laine parce que leurs réserves commençaient à s'épuiser – ils s'aperçurent qu'ils n'avaient rien pour essuyer l'intérieur de la voiture, aucun des deux ne possédant de mouchoir. Nigel dut ôter une de ses chaussettes.

– Il est midi vingt, annonça Marty. Nous n'y arriverons jamais. Nous ferions mieux de remettre à mercredi.

– Ferme ta gueule, tu veux? s'écria Nigel. Comment pourrions-nous attendre à mercredi? Nous n'avons plus un rond. Contente-toi de conduire la tire, et ne me casse pas les oreilles avec l'heure.

La route étroite conduisant à Childon n'était pas faite pour rouler à cent dix à l'heure. Marty réussit pourtant cet exploit. Il gara la fourgonnette derrière la banque, et les deux complices descendirent pour aller jeter un coup d'œil prudent du côté de la cour.

Un homme d'âge moyen, aux cheveux cosmétiqués, sortit de la banque par la porte de derrière et monta dans la voiture garée dans la cour.

Ne pouvant s'en tenir à la décision qu'il avait prise, Alan Groombridge tira trois mille livres du coffre, pendant que Joyce discutait du prix du bifteck avec Mr. Wolford. Comme il était étrange que ces bouts de papier sur lesquels étaient imprimés le visage de la Reine ou celui d'un Premier Ministre disparu eussent un tel pouvoir! Ils pouvaient acheter tant de choses : le bonheur, la paix, la liberté, le silence! Il déchira en deux un portrait de la Reine pour voir l'impression que cela produisait, puis il dut le recoller avec du papier adhésif.

Il entendit partir Mr. Wolford. Il n'y avait plus aucun client dans la banque, et il était presque une heure. Joyce risquait d'entrer dans son bureau; aussi glissa-t-il l'argent dans un tiroir pour aller se laver les mains aux toilettes, qui comprenaient un petit lavabo. La pluie menaçait à nouveau, mais il avait tout de même l'intention de sortir; peut-être irait-il jusqu'à Childon Fen où les premières primevères et les anémones des marais devaient commencer à fleurir. Joyce était en train de nettoyer sa caisse.

– Je m'en vais déjeuner, lui cria Alan.

– Tâchez de ne pas vous mouiller : il va encore pleuvoir.

Il se demanda si elle se doutait de l'endroit où il se rendait. Elle ne pouvait croire qu'il prît la voiture pour aller simplement jusqu'au *Childon Arms*. Il sortit par la porte de derrière qui se refermait automatiquement derrière lui. Au moment où il prenait place au volant, il se rappela que les trois mille livres étaient restées dans un tiroir de son bureau. Bah! Joyce n'ouvrirait certainement pas ce tiroir. Pourtant la pensée que cet argent n'était pas à sa place dans le coffre lui gâterait son déjeuner. Ainsi que son heure de paix et de tranquillité. Il retourna à son bureau, repoussa la porte sans la fermer complètement et ouvrit sans bruit le tiroir.

Au même instant – il était exactement une heure – Joyce sortit de derrière son guichet, traversa la pièce et se trouva face à face avec Marty Foster et Nigel Thaxby. Ils étaient entre la porte vitrée et la porte de chêne, et chacun essayait de passer un bas de nylon noir par-dessus sa tête. Ils n'avaient pas osé procéder à cette opération avant d'entrer dans le bâtiment, ils n'avaient non plus jamais fait une répétition, et les bas avaient été mouillés par la pluie au moment où ils descendaient de la fourgonnette. De sorte que l'entreprise était malaisée. Joyce émit un cri rauque et bondit vers la porte vitrée dans l'intention de la fermer.

Si Nigel avait été seul, il aurait fait demi-tour et se serait enfui, car le bas de nylon avait à peine franchi le sommet de son crâne, laissant son visage à découvert et lui donnant une allure grotesque. Mais Marty, laissant tomber son bas, se précipita sur la porte et la repoussa violemment sur la jeune fille, qui recula en trébuchant.

Il la saisit par le cou et lui plaqua une main sur la bouche, tandis que, de l'autre, il lui enfonçait entre les côtes le canon de son revolver.

– Pas un cri, pas un geste ou tu es morte! grogna-t-il.

Il la poussa à l'intérieur de la banque, et son

complice le suivit. Sans enthousiasme, car il songeait que l'employée avait déjà vu leurs visages. Néanmoins, il referma la porte à clef et avança pour aller se placer devant la jeune fille. Marty l'avait lâchée, mais il la menaçait toujours de son arme. Elle était très pâle, et les fixait avec de grands yeux, comme si elle essayait de graver leurs traits dans sa tête.

Depuis son bureau, Alan Groombridge entendit le cri étouffé de Joyce, puis la menace de Marty. Et il se rappela les réflexions de son beau-père, le mercredi précédent. Ses mains se crispèrent sur les billets de banque.

L'Anglian-Victoria recommandait à ses employés de n'offrir aucune résistance en de telles circonstances. Néanmoins, ils devaient, dans la mesure du possible, appuyer avec leur pied sur un des boutons d'alarme, ce qui alertait le commissariat de Stantwich. Si cela leur était impossible – et c'était probablement le cas de Joyce en ce moment – ils devaient se conformer aux exigences des agresseurs. Il existait un bouton d'alarme en dessous de chacun des deux guichets et un troisième sous le bureau d'Alan. Celui-ci recula lentement son pied droit. De l'autre côté de la cloison, se fit entendre la voix de l'un des intrus.

– Nous savons que tu es seule. Nous avons vu sortir ton patron.

Où diable avait-il déjà entendu récemment cette voix à l'accent du Suffolk? Ici même ou bien dans un magasin? Ces hommes le croyaient dehors. Il pouvait donc déclencher l'alarme à leur insu et, s'il agissait avec assez d'habileté, sauver trois mille livres.

– Voyons un peu ce qu'il y a dans la caisse, poupée! dit une autre voix.

Il entendit ouvrir les tiroirs. Son pied s'approcha de nouveau du bouton d'alarme dissimulé sous le tapis. Il entendit sonner des pièces de monnaie. Il devait y avoir près de mille livres dans la caisse de Joyce. Il souleva le pied. Son plan, c'était très bien. Mais s'il sauvait les trois mille livres – par exemple en les cachant dans la penderie avant l'apparition des bandits –, comment expliquerait-il ensuite à ses supérieurs qu'il ait pu réaliser une telle opération? Il n'avait pas entendu une seule fois la voix de Joyce. Il abaissa son talon, mais le releva aussitôt.

– Et maintenant le coffre! reprit la voix de l'un des deux bandits.

Pour arriver au coffre, ils devaient obligatoirement traverser son bureau. Il lui était impossible de donner l'alarme sans réfléchir. Il n'avait aucune raison valable de se trouver là avec trois mille livres entre les mains. Et il ne pouvait prétendre avoir ouvert le coffre et pris l'argent dans le but de le cacher lorsqu'il avait entendu arriver les voleurs, car il n'était pas censé connaître la combinaison de Joyce. D'autre part, s'il avait pu sauver trois milles livres, pourquoi pas cinq mille?

Ces hommes allaient entrer dans son bureau d'une seconde à l'autre. Il ouvrit la porte de la penderie, se glissa à l'intérieur et se dissimula derrière la robe de Joyce dont l'ourlet touchait le sol. Il avait à peine eu le temps de tirer la porte sur lui lorsqu'il entendit Joyce crier :

– Non! Ne me touchez pas!

C'était, dit-il, le moment de faire preuve de courage. Joyce était une jeune fille, et elle n'avait que vingt ans. Tant pis pour ce que pourrait penser la direction de la banque. Son devoir était d'abord de porter secours à son employée. Il avança la main, cherchant à tâtons la poignée de la porte après avoir fourré l'argent dans les poches de son imperméable. Personne n'irait le chercher là, et il imaginerait en temps voulu une explication destinée à ses supérieurs. Si toutefois il sortait indemne de l'aventure. L'essentiel, c'était maintenant de créer une diversion, que Joyce puisse mettre à profit pour s'enfuir.

Mais avant qu'il n'eût atteint la poignée de la porte, il se produisit une chose curieuse. Il tâta les poches de l'imperméable pour s'assurer qu'aucun billet ne dépassait. Et il eut l'impression que, sous ses mains, l'argent prenait vie, comme si une réaction chimique se produisait au contact de sa chair. Son énergie sembla soudain s'envoler. Du bruit à l'extérieur. Le coffre avait été ouvert. Mais les voix lui parvenaient comme dans un rêve. Il n'avait conscience que de cet argent qui lui brûlait les doigts. Il serra les mains : il savait maintenant qu'il ne pouvait pas abandonner ces billets : ils étaient à lui. On venait d'entrer dans son bureau. Il comprit que l'on vidait sur le sol le contenu des tiroirs. Il ne bougea pas, les mains dans les poches de l'imperméable. Et soudain, la porte de la penderie s'ouvrit. Derrière les plis sombres de la robe, il ne voyait rien. Il retint son souffle. La porte se referma, et il entendit Joyce insulter les deux hommes. Elle poussa ensuite un cri aigu, puis plus rien. On ne percevait maintenant que le bruit de la pluie sur les tuiles du toit. Au bout d'un moment, ce fut le ronflement d'un moteur qui démarrait.

Il attendit. Un des bandits était revenu. Il l'entendit grommeler entre ses dents, puis la porte claqua. Etaient-ils partis pour de bon? Il ne pouvait s'en assurer qu'en sortant de la penderie, dans laquelle il ne pouvait d'ailleurs rester éternellement. Il ouvrit ses mains encore crispées sur les billets. Joyce devait être dans quelque coin, sans doute ligotée et bâillonnée. Il lui expliquerait qu'en entendant les bandits pénétrer dans la banque, il avait tiré du coffre autant d'argent qu'il l'avait pu. Elle penserait qu'il n'était qu'un lâche; mais, peu importait, puisqu'il savait bien, lui, qu'il n'entrait pas de lâcheté dans son comportement. C'était tout autre chose, qu'il était incapable d'analyser. Il lâcha à contrecœur les billets qu'il tenait encore, ouvrit la porte et sortit de la penderie.

Joyce n'était ni dans le bureau ni dans la pièce du coffre. Ce dernier était naturellement ouvert et vide. Les bandits avait dû laisser la jeune fille dans la salle principale. Il passa la main sur son front en sueur, en se disant que son esprit avait craqué, qu'il était devenu fou. Puis, se dirigeant vers la porte de derrière, il l'entrebâilla avec précaution. La pluie tombait toujours et avait formé des flaques autour de sa voiture. Il referma la porte en la claquant, comme s'il venait de rentrer, et il se dirigea vers la pièce où devait se trouver Joyce.

Elle n'y était pas. Il ouvrit la porte des toilettes. Personne, non plus. Pendant qu'il était dans la penderie, elle avait dû aller chercher du secours. Curieux, toutefois, qu'elle n'ait pas pris son manteau. Mais est-ce que l'on fait attention à la pluie en de telles circonstances? Et pourquoi n'avait-elle pas actionné le signal d'alarme? La pendule murale marquait 1 h 25. Qu'allait-il raconter?... Il était allé déjeuner et, à son retour, avait trouvé le coffre ouvert et l'argent envolé. Joyce elle aussi, avait disparu... Que devait-il faire à présent, lui? Alerter la police, bien sûr.

Il regagna son bureau et chercha du pied le

bouton qui déclenchait l'alarme; mais il était recouvert par un tiroir retourné. En s'agenouillant pour le soulever, il découvrit une chaussure de femme. Un des souliers bleus à brides, qu'il avait vus ce matin même aux pieds de Joyce. La jeune fille ne pouvait être sortie de son plein gré avec une seule chaussure... Elle n'était donc pas allée chercher du secours : les bandits l'avaient emmenée!

Comme otage? Ou simplement parce qu'elle avait vu leurs visages?

Il fallait maintenant donner l'alarme. Il regarda sa montre : près de deux heures moins vingt. Il serait encore temps d'établir des barrages sur les routes...

La sonnerie du téléphone troubla soudain le silence. Il sursauta. Mais ce ne devait être que Pam. Il ne bougea pas. Le téléphone sonna longtemps, puis se tut. Alan sentit, en quelque sorte, sa folie s'intensifier. Il n'était plus capable de raisonner. Sans savoir ce qu'il faisait, il enfila son imperméable, enfonça les trois mille livres plus profondément dans ses poches et sortit par la porte de derrière. Il monta dans sa voiture et démarra. Il pleuvait toujours, et les essuie-glaces semblaient dégager devant lui la route de la liberté.

CHAPITRE VI

Joyce avait commencé par déclarer qu'elle ne possédait la combinaison que d'un seul cadran. Mais, lorsque Marty lui avait enfoncé dans les côtes le canon de son pistolet en commençant à compter jusqu'à dix, elle avait jugé plus prudent de manœuvrer aussi le second cadran. La porte s'ouvrit. Nigel banda les yeux de la jeune fille avec un bas; puis, comme elle poussait un cri, il la bâillonna avec le second. Dans un tiroir, les deux bandits découvrirent une corde à linge qu'Alan avait apportée, un jour, pour attacher le couvercle du coffre de sa voiture, mais dont il ne s'était jamais servi. Ils l'utilisèrent pour ligoter les poignets et les chevilles de Joyce. Après quoi, Marty la souleva dans ses bras, tandis que son compagnon ouvrait la porte de derrière.

– Bon Dieu! s'écria le premier en apercevant dans la cour la Morris de Groombridge.

Mais la voiture était vide, la cour déserte, et il pleuvait encore à torrent. Nigel enveloppa vivement l'argent dans son sac de plastique et le fourra dans la poche de sa veste.

– Où diable peut être Groombridge? murmura Marty.

Nigel ne répondit pas. Les deux hommes se

mirent à courir jusqu'à la fourgonnette et laissèrent tomber Joyce à l'arrière du véhicule.

– Donne-moi le flingue, dit Nigel.

Il prit l'arme et retourna à la banque, à la recherche de Groombridge. Il voulait aussi récupérer le soulier de Joyce, mais tout cela était trop pour ses nerfs. Il ressortit, et la porte claqua derrière lui comme un coup de revolver.

Marty avait fait demi-tour avec la fourgonnette. Nigel sauta auprès de lui, et il démarra, empruntant la première rue qui se présenta.

– Tous ces emmerdements pour quatre misérables briques, grommela Marty.

– Tu vas taire ta gueule, oui? répliqua son compagnon. Inutile de parler de tout ça devant cette putain de greluche. Alors, tu la fermes et tu te contentes de conduire. Vu?

On descendait un chemin étroit bordé de haies. Joyce se mit à frapper de ses pieds le plancher métallique de la fourgonnette : floc, clac, floc, clac, car elle n'avait qu'une seule chaussure.

– Arrête ce raffut! dit Nigel en se retournant et en glissant le canon de son pistolet entre les deux sièges.

Ses doigts étaient humides de pluie et moites de transpiration. Floc, clac, floc, clac...

Au même instant, ils se trouvèrent nez à nez avec une Vauxhall rouge qui se dirigeait vers Childon. Marty stoppa juste à temps; l'autre voiture également. Elle était conduite par un jeune homme, auprès de qui était assise une femme d'un certain âge. Il n'y avait pas la place pour deux voitures. Joyce se mit à se débattre dans ses liens et à frapper de son pied chaussé : clac, clac, clac. En même temps, elle émettait des bruits étouffés derrière le bas qui la bâillonnait.

46

– Seigneur! grogna Marty.

Nigel glissa le bras entre les deux sièges avant jusqu'à l'épaule.

– Tu crois peut-être que je n'oserai pas m'en servir? souffla-t-il d'une voix tremblante. Eh bien, tu te trompes, parce que je m'en suis déjà servi. Quand je suis retourné à la banque, j'y ai trouvé Groombridge. Et je l'ai descendu.

– Doux Jésus! s'écria Marty.

La Vauxhall rouge reculait lentement pour aller se ranger en un endroit où le chemin était un peu plus large. Marty fit avancer la fourgonnette, courbé sur le volant, les traits crispés.

– Et je vais aussi tuer les deux occupants de la bagnole, dit Nigel en tremblant de peur.

– Ta gueule, tu veux?

Marty passa à quelques centimètres de l'autre voiture en faisant un petit geste de remerciement, tandis que la Vauxhall s'éloignait.

– Je devais avoir perdu la tête quand je t'ai foutu dans cette affaire, grommela-t-il. Pour qui te prends-tu? Bonnie et Clyde?

Nigel jura. Il ne pouvait supporter ce renversement des rôles.

– Tu ne te rends pas compte, protesta-t-il, que ce gars sera à Childon dans moins de dix minutes et qu'il ira raconter aux flics qu'il nous a vus passer? Tout ça parce que tu as été assez con pour t'engager dans un chemin de deux mètres de large. Alors, est-ce que tu as une idée de ce qu'il faut faire maintenant, petite tête?

– Ma foi...

– Eh bien, il nous faut faucher une voiture, si tu ne veux pas passer tes plus belles années en cabane.

Il était 2 h 5 lorsque Mrs. Burroughs arrêta sa voiture devant la petite succursale de l'Anglian-Victoria.

Les portes étaient encore fermées, elle frappa, mais personne ne vint lui ouvrir. Elle se réfugia dans sa voiture et attendit cinq minutes, puis elle resdencendit avec l'idée d'aller jeter un coup d'œil par la fenêtre. Bien que les vitres fussent embuées, elle constata le désordre qui régnait à l'intérieur : les tiroirs vidés et jetés sur le sol. Remontant en voiture, elle fila jusqu'au poste de police qui se trouvait à moins de deux cents mètres de là, dans la rue principale du village.

A ce moment-là, la Vauxhall avait déjà traversé Childon en direction de Stantwich. Le jeune conducteur s'appelait Peter Jones, et il emmenait sa mère rendre visite à sa sœur hospitalisée. Une voiture de police qui faisait hurler sa sirène passa en trombe auprès d'eux.

A 3 h 10, la police était au domicile de Mrs. Elizabeth Culver pour lui annoncer que la banque avait été cambriolée et que sa fille avait disparu. Pendant que les agents allaient chercher son mari, contremaître dans une usine des environs, elle téléphona au *Toll House Hotel* pour décommander les préparatifs concernant le repas prévu à l'occasion de ses noces d'argent.

Pamela Groombridge était en train de repasser des chemises de son mari, tout en discutant avec son père. Elle se demandait pourquoi Alan n'avait répondu ni à son premier coup de téléphone – à deux heures moins vingt – ni à son second – à deux heures.

– Il devait être allé déjeuner, suggéra Wilfred.
– Tu sais bien, papa, qu'il ne le fait jamais.

D'ailleurs, tu l'as vu, ce matin même, préparer ses sandwiches. Et puis, il aurait dû y avoir cette fille, cette Joyce.

– Alors, c'est que le téléphone est en dérangement. Parce que les lignes sont surchargées. Si ça dépendait de moi, seuls auraient le droit d'avoir le téléphone les contribuables dignes de confiance ayant trente ans révolus.

– J'essaierai de nouveau dans une demi-heure, soupira Pam.

– Mais puisque je te dis que c'est le téléphone qui est en dérangement. Mort. Kapout. Tout ça n'arriverait pas si l'armée prenait les choses en main. Ce qu'il faudrait, je vais te le dire : ressusciter Winston Churchill, puis le maréchal Montgomery pour le seconder. Sous l'autorité de la Reine, naturellement.

La sonnette de la porte d'entrée se mit à vibrer au même instant. Pam se précipita vers la porte pour se trouver en présence d'un policeman.

– Madame, la succursale de l'Anglian-Victoria Bank a été cambriolée, annonça-t-il sans préambule. De plus, il semble que votre mari et Miss Culver aient été emmenés par les responsables du hold-up.

Plus avisé que ceux qui avaient rendu sa fuite possible, Alan Groombridge évita les routes trop étroites. Il croisa quelques voitures, doubla un tracteur et un car. Mais, comme il continuait à pleuvoir à verse, il lui était impossible de distinguer les visages de ceux qui se trouvaient dans les autres véhicules. Par conséquent, les autres ne pouvaient pas, eux non plus, distinguer ses traits. L'ennui, c'était qu'il ne restait que peu d'essence dans le réservoir; et, bien entendu, il ne pouvait être question de s'arrêter à une station-service. Tandis qu'il faisait route vers Colchester, la jauge d'essence descendait dangereusement. Il s'arrêta sur un parking vide. Après avoir jeté les sandwiches dans une poubelle, il ferma la voiture, prit un autobus jusqu'à Marks Tey, puis un train pour Londres. Son imperméable usagé avait laissé traverser la pluie, et les billets étaient tout mouillés. Il faudrait les faire sécher dès que l'occasion se présenterait.

Il y avait une quelconque réunion à la mairie de Capel St Paul, et, parmi les voitures parquées sur la place du village, il se trouvait par bonheur une Ford Escort. La cinquième clef essayée parvint à l'ouvrir. Marty sauta dedans et démarra. La fourgonnette était arrêtée à une cinquantaine de mètres de là, sur le bas-côté de la route. Les deux jeunes gens firent descendre Joyce et la fourrèrent dans la Ford. Après quoi, Marty engagea la fourgonnette dans un chemin de traverse et l'abandonna derrière un petit bois où on ne risquait pas de la retrouver tout de suite.

— Nous ne pouvons pas laisser cette fille attachée pendant que nous roulons sur la nationale 12, dit Marty.

Nigel passa à l'arrière de la voiture, ôta le bâillon de la bouche de Joyce, puis le bas qui l'empêchait de voir. Après quoi, il lui détacha les poignets. Les bas avaient laissé des marques sur son visage; mais cela ne l'empêcha pas d'injurier son agresseur et de lui cracher à la figure. Il lui colla le pistolet contre la poitrine, tout en s'essuyant le visage de l'autre main.

— Vous n'oseriez pas tirer, dit la jeune fille d'un air méprisant.

50

– Tu crois ça, hein? Mais j'ai déjà descendu ton patron. Alors, tu vois...

– T'as pigé, oui? insista Marty. Que l'on zigouille une personne, dix ou cent, le tarif est le même si on est pris. Dans ces conditions, on n'a aucune raison de te faire une fleur.

– Comment t'appelles-tu? demanda Nigel.

Joyce ne répondit pas.

– Sur sa pancarte, y avait inscrit : Miss J. M. Culver. Ça peut vouloir dire Jane, Jenny ou n'importe quoi d'autre. Quant à nous deux, il nous est impossible de nous présenter, pour des raisons qui tombent sous les sens.

– Mr. Groombridge a une femme et deux enfants, dit la jeune fille.

– Dommage! ricana Nigel. Si on avait su, on aurait choisi un célibataire. En tout cas, je te préviens d'une chose : si tu t'amuses encore à cracher, je te balance en travers de la gueule une baffe dont tu te souviendras longtemps.

La voiture suivait maintenant la nationale 12, cette même route qu'avait emprunté Groombridge vingt minutes plus tôt.

– Si vous me laissez descendre à Chelmsford, je vous promets de ne rien dire. Vous me donnerez cinq livres pour que je puisse manger quelque chose, et je n'irai à la police que ce soir. Je dirai que j'ai perdu la mémoire.

– Tu n'as qu'une seule godasse, fit remarquer Marty.

– Arrêtez-moi devant un magasin de chaussures. Je dirai à la police que vous étiez masqués et que vous m'avez bandé les yeux. Je leur dirai aussi que vous étiez... vieux.

– Ecrase! ordonna Nigel. Les flics sauraient bien te faire cracher le morceau. Il faut te faire une raison : tu viens avec nous, que ça te plaise ou non.

En arrivant à proximité de Londres, la circulation était si intense que Marty se sentit devenir nerveux et se mit à faire des bêtises, s'attirant la fureur des autres automobilistes, gênés par ses manœuvres intempestives. On parvint pourtant sans anicroche à Cricklewood. Il était cinq heures moins dix.

Aussitôt qu'ils furent descendus de voiture, Nigel poussa Joyce devant lui, le canon de son revolver appuyé dans le dos de la jeune fille, dont Marty entourait l'épaule. Dans l'escalier de l'immeuble, ils croisèrent la jeune Irlandaise qui habitait au même étage. Elle allait probablement prendre son service au pub voisin, où elle était employée. Elle ne leur prêta aucune attention, car ce n'était pas la première fois qu'elle voyait Marty ramener une fille chez lui.

Ils firent entrer Joyce et refermèrent la porte à clé derrière eux. Marty, épuisé, se laissa tomber sur le matelas, tandis que la jeune fille observait d'un air dégoûté la saleté et le désordre qui l'entouraient.

— Il va falloir nous débarrasser de la voiture, dit Nigel.

Marty ne répondant pas, il lança un grand coup de pied dans le matelas.

— Qui veux-tu qui la remarque sur le parking? grommela Marty.

— Les flics, parbleu! Tu vas me faire le plaisir d'aller la planquer un peu plus loin.

— Je suis crevé, moi, répliqua Marty en repoussant sur le plancher un tas de vêtements sales. Faut que je boive un coup.

— D'accord. Mais plus tard : quand tu nous auras débarrassés de cette charrette.

– Bon Dieu! soupira Marty. Nous avons quatre briques dans les poches, et je n'ai même pas le droit de m'en jeter un!

Nigel ne répondit pas tout de suite. John Purford avait affirmé qu'il devait y avoir sept mille livres dans le coffre de la banque; or, ils n'en avaient trouvé que quatre.

– C'est bon, dit-il enfin. Je vais emmener la bagnole moi-même, pendant que tu garderas la fille. Nous allons la reficeler et la coller dans la cuisine.

– Pas question! déclara Joyce.

– Est-ce que je t'ai demandé ton avis? Tu feras ce qu'on te dit, Janey. Et sans rouspéter. Ça vaut mieux pour toi.

Les deux hommes s'emparèrent d'elle, la bâillonnèrent, lui attachèrent les poignets derrière le dos, puis lui ligotèrent soigneusement les chevilles. Cela fait, Marty lui ôta la chaussure qu'elle avait encore au pied, pour l'empêcher de faire du bruit. Après quoi, ils l'enfermèrent dans la cuisine.

Nigel jeta un coup d'œil par la fenêtre. La pluie avait cessé. Lorsque la circulation serait moins intense, il irait se débarrasser de la voiture. Il tourna les yeux vers la radio de Marty, mais il n'osa pas l'allumer.

CHAPITRE VII

Personne n'avait vu les bandits pénétrer dans la banque, et les barrages de la police sur les routes n'avaient rien donné. Les enquêteurs commencèrent par soupçonner Groombridge. Si l'on en croyait les déclarations de son fils et celles de son beau-père, il ne quittait jamais la banque à l'heure du déjeuner, se contentant de manger dans son bureau les sandwiches qu'il apportait de chez lui. D'autre part, le patron du *Childon Arms* affirma qu'il n'avait jamais pris un seul repas dans son établissement. La police envisagea alors la possibilité d'une complicité entre lui et Joyce Culver. Mais la présence d'une chaussure de la jeune fille semblait démentir cette hypothèse. D'autre part, cette théorie aurait laissé supposer l'existence d'une liaison entre eux, chose que le père de Joyce et le fils de Groombridge tournèrent en dérision. Groombridge ne sortait jamais le soir sans sa femme, et Joyce passait tout son temps libre en compagnie de Stephen Hallam. Mais Groombridge n'avait-il pu s'emparer de l'argent, renverser les tiroirs pour faire croire à un hold-up et enlever la jeune fille de force?

Cependant, vers cinq heures, cette théorie elle-même dut être abandonnée à la suite de plusieurs renseignements dignes de foi. Peter Johns, conducteur de la Vauxhall rouge, avait entendu parler de l'affaire à la radio, et il s'était rendu à la police pour signaler la fourgonnette avec laquelle il avait failli entrer en collision. Ni lui ni sa mère ne purent fournir un signalement précis des deux hommes assis dans le véhicule, mais Mrs. Johns déclara que, au moment où la fourgonnette passait près d'eux, elle avait cru entendre du bruit à l'arrière, comme si quelqu'un frappait sur le plancher avec un seul pied.

Se présenta ensuite à la police le conducteur d'un tracteur qui se rappelait avoir été doublé par une Morris 1100. Il déclara – mais n'était-ce pas le fruit de son imagination? – que le chauffeur avait l'air terrifié et qu'il conduisait follement. La police conclut de ces dépositions qu'il y avait eu trois bandits : deux qui circulaient à bord d'une fourgonnette et emmenaient Joyce Culver; le troisième dans la voiture de Mr. Groombridge, lequel devait conduire probablement sous la menace. Le vol de la Ford Escort avait été signalé par sa propriétaire, une certaine Mrs. Beech.

A ce moment-là, Nigel Thaxby, Marty Foster et Joyce Culver se trouvaient à Cricklewood; Alan Groombridge au *Maharajah Hotel*, dans Shepherd's Bush Road.

Les livres avaient appris à Groombridge qu'il existait, aux alentours de la gare de Paddington toutes sortes d'hôtels bon marché et de maisons de passe. Mais les temps avaient changé, et les hôtels étaient tous respectables et fort chers. Le *Maharajah* était un imposant bâtiment de la fin du dix-neuvième. Oui, on pouvait lui donner une chambre au prix de quatre livres cinquante la nuit; mais n'ayant pas de bagages, il devrait la régler d'avance.

La chambre se trouvait au deuxième étage. Elle était petite et sale, sans tapis, ni chauffage central ni lavabo. Il y avait toutefois un évier comportant un robinet d'eau froide; dans un coin, un radiateur muni d'un compteur à pièces. Alan referma la porte à clef et tira les billets des poches de son imperméable. Il les étala pour les faire sécher. La vue de cet argent lui faisait tourner la tête. Il s'étendit sur le lit. Qu'allait-il faire, maintenant que sa folie avait cédé la place à une peur insurmontable? Il s'efforçait de penser, mais il avait l'esprit vide. Il ferma les yeux et sombra dans le sommeil sans même s'en rendre compte.

Nigel attendit, pour aller s'occuper de la voiture, que la circulation fût un peu plus fluide, car il se savait médiocre conducteur. En fait, il n'avait guère conduit – et encore assez rarement – que la voiture automatique de son père, et le passage des vitesses – avec la pédale de débrayage – était toujours pour lui un problème. Il s'installa au volant de l'Escort et actionna le démarreur. La voiture fit un bond et faillit heurter une Rover qui se trouvait devant elle, car Marty avait laissé le levier de vitesse en première. Nigel exécuta une seconde tentative et, faisant horriblement grincer la boîte, parvint à se glisser dans le trafic. Il ne savait pas où il allait, car il connaissait très mal Londres. Il était capable d'aller en bus de Notting Hill à Oxford Street ou à Cricklewood, mais c'était à peu près tout.

La circulation le déroutait. Il se voyait écrasant la voiture, obligé de l'abandonner et de s'enfuir en courant. Aussi obliqua-t-il à Willesden pour emprunter une route secondaire. Il s'arrêta et demeura là longtemps à regarder passer les voitures sur la nationale. Il repartit, lorsque la circulation lui parut un peu plus fluide, avec l'intention d'aller cacher la voiture en un endroit où on ne la découvrirait pas avant plusieurs semaines. Parvenu à Wandsworth, il s'engagea dans une ruelle qui longeait une usine. Il savait fort bien qu'il lui était impossible de la laisser là, mais il était déjà sept heures et demie, et il avait faim. Il entra dans un restaurant grec et commanda un repas. Ses yeux tombèrent par hasard sur une photo en couleur d'Héraklion, et cela lui rappela quelque chose. La dernière fois qu'il était allé voir sa mère, celle-ci lui avait parlé d'un de leurs amis, le docteur Bolton qui, en compagnie de sa femme, venait de partir passer ses vacances en Crète. Nigel se souvenait d'être allé chez eux, une fois. Ils habitaient près d'Epping, et leur maison, assez isolée, comportait un garage – ou plutôt une sorte de hangar – au fond du jardin. Et ce garage devait être vide, car la voiture du docteur se trouvait sans doute en ce moment au parking de l'aéroport. Si le garage n'était pas fermé à clé, il y mettrait la voiture; dans le cas contraire, il la pousserait dans un des étangs de la forêt.

Il était près de neuf heures quand il sortit du restaurant et alla la reprendre. Il lui fallut une bonne heure pour se rendre à Epping. La maison des Bolton était située à l'extrémité d'une allée, à la lisière de la forêt, et il constata avec soulagement que la porte du hangar ne comportait ni serrure ni cadenas.

La jeune fille avait froid et était tout engourdie. Elle sentait son courage l'abandonner.

– Je veux aller aux toilettes, dit-elle d'une voix faible.

Marty sortit le premier en s'assurant qu'il n'y avait personne sur le palier, puis il se planta devant la porte des toilettes. Lorsque Joyce ressortit, il la ramena dans l'appartement. Il referma soigneusement la porte et fourra la clef dans sa poche. La jeune fille s'assit sur le matelas et se mit à se frictionner les poignets et les chevilles. Marty aurait aimé préparer du café, mais il ne pouvait le faire tout en tenant la fille sous la menace de son pistolet. Il se contenta donc d'aller chercher une demi-bouteille de lait et d'en remplir deux tasses.

– Gardez votre sale lait! grommela Joyce.

Marty haussa les épaules, avala sa tasse, puis allongea la main vers la seconde.

– Non! dit Joyce en la saisissant avant lui et en avalant le lait d'un trait. Quand allez-vous me relâcher?

– Demain.

Elle jeta un coup d'œil autour d'elle.

– Et où est-ce que je vais dormir?

– Avec moi, peut-être?

Marty n'avait dit cela que par bravade. En d'autres circonstances, il aurait été assez attiré par cette fille aux longues jambes et à la poitrine provocante. Mais il ne s'était jamais senti moins d'ardeur. Il était à l'affût du moindre bruit, du moindre craquement dans l'escalier, craignant à tout instant de voir arriver la police. Cependant, Joyce était décidée à vendre chèrement son honneur. Elle lui déclara d'un ton chargé de mépris qu'elle était fiancée à un gars qui en pesait deux comme lui et qu'elle n'avait que faire d'un avorton de son espèce. Elle prit deux des oreillers et une couverture posés sur le lit, les renifla en faisant la grimace et alla s'étendre tout habillée sur le canapé.

– Eteignez la lumière! ordonna-t-elle.

– Tu peux aller te faire foutre! Qu'est-ce qui commande ici? beugla Marty.

Il se réjouit en voyant Joyce se mettre à pleurer. Pourtant, au bout d'un moment, il se sentit gêné et eut honte de lui. Au fond, il n'aimait pas voir pleurer les filles.

– Te laisse pas aller, grommela-t-il. Je te promets que tu n'as rien à craindre si tu fais ce qu'on te dit.

Il actionna l'interrupteur, mais la pièce était encore éclairée par les lumières de la rue. Il s'étendit sur le matelas, son pistolet sous son oreiller, se demandant ce que pouvait bien fabriquer Nigel. Et s'il ne revenait pas? Joyce sanglota encore pendant un moment, puis s'endormit. Et ce silence lui parut plus pénible encore que le bruit. Il avait faim, il avait soif, et il ne s'était jamais couché aussi tôt depuis l'âge de quinze ans.

Il était presque décidé à tout laisser tomber, à s'enfuir quelque part en laissant l'argent à Joyce lorsqu'on frappa à la porte. Il sursauta et se dressa. Enfin, c'était Nigel!

CHAPITRE VIII

Lorsqu'il se réveilla, Groombridge se demanda où il était. Les stores orangés laissaient pénétrer dans la chambre la lumière des réverbères, et sa montre marquait cinq heures. Il avait donc dormi onze heures. Les billets de banque étaient maintenant secs et craquants. Il s'était couché tout habillé, et son pantalon était aussi froissé que les billets. Il l'ôta et le glissa sous le matelas pour lui redonner un semblant de forme. Il replaça l'argent dans les poches de son imperméable; puis, ôtant le reste de ses vêtements, il se recoucha.

Il songea avec frayeur que Joyce, une fois libérée par ses ravisseurs déclarerait à la police qu'il ne se trouvait pas dans la banque au moment du hold-up. Alors, on s'efforcerait de retrouver sa trace. A moins que l'on n'eût pas vu sa voiture. Il s'accrochait à cet espoir. Il se mit ensuite à penser à sa famille. Pam n'avait pas été une mauvaise épouse, au fond. Et pourtant, il était certain qu'il ne vivrait plus jamais avec elle. Il n'irait plus faire les courses avec elle. Tout cela appartenait au passé. La banque aussi. L'avenir, c'était la liberté ou... la prison.

A sept heures, il se leva. Le pantalon n'avait pas l'air en trop mauvais état. Il répartit les billets dans

61

les poches de sa veste et dans celles de son pantalon, et il descendit déjeuner, car l'hôtel ne fournissait aucun repas. Dès qu'il fut dans la rue, il songea avec terreur qu'il allait sans doute voir son portrait en première page des journaux. Mais ce fut celui de Joyce qu'il aperçut en-dessous des gros titres : *Une jeune employée de banque enlevée par des gangsters. Un directeur de banque enlevé avec son employée.* Il acheta les deux feuilles, mais il avait oublié son petit déjeuner.

Il alla s'asseoir sur un banc et se mit à parcourir les journaux. Si la photo de Joyce s'étalait en première page, la sienne – sans doute parce que fort médiocre – avait été reléguée à l'intérieur. C'était un instantané pris par Christopher, et tellement agrandi qu'il y était méconnaissable. Cela le rassura quelque peu, et, dans sa satisfaction, il oublia presque Joyce. Des œufs au bacon et une tasse de thé accrurent encore son sentiment de bien-être. Il prit ensuite le métro pour aller acheter des vêtements dans Oxford Street : deux jeans, quatre tee-shirts, des chaussettes, des sous-vêtements, un anorak, deux pulls et une paire de boots. Dans le passé, Pam ne lui avait jamais permis de porter des jeans : elle prétendait que c'était pour les jeunes et qu'il serait ridicule avec ce genre de vêtement. Il se dit qu'il n'achetait tout cela que pour se déguiser; mais il sentait bien qu'il n'y avait pas que cela : il voulait retrouver – ou plutôt découvrir, car on ne peut retrouver ce que l'on n'a jamais eu – sa jeunesse.

Sorti du magasin revêtu de ses vêtements neufs, il était transformé. Il acheta une valise et, descendu dans des toilettes publiques, mit à l'intérieur son vieux costume et son imperméable. Mais elle était trop encombrante pour être transportée longtemps.

Reprenant le métro jusqu'à Charing Cross, il alla la déposer dans un casier de la consigne. Ainsi séparé de l'argent, il se dirigea vers Trafalgar Square et entra à la National Gallery. Un peu plus tard, en passant devant un théâtre de St Martin's Lane, il loua une place pour assister, en soirée, à une représentation du *Faust* de Marlowe.

Il se rendit ensuite à une agence de location immobilière, car il ne désirait pas rester indéfiniment à l'hôtel. Il ne louerait pas un appartement, ce qui eût été trop dispendieux, mais une simple chambre. L'employé de service lui donna deux adresses : l'une dans Maiden Vale, l'autre à Paddington. Il se rendit d'abord à cette dernière, avec l'idée que dans ce quartier, le montant du loyer serait moins élevé. Le propriétaire lui montra la chambre, qu'il aurait volontiers prise, bien qu'elle fût dotée d'un mobilier assez rudimentaire, mais, au moment où il s'apprêtait à payer un mois d'avance, l'homme lui demanda :

– Je suppose que vous avez une référence bancaire?

Alan se sentit rougir.

– C'est la coutume, insista le propriétaire. Il faut que je sois à couvert, comprenez-vous?

– Mais puisque je vous paie en numéraire...

– Peu importe. Il me faut une référence. N'avez-vous pas une banque?

La question, dans les circonstances présentes, ne manquait pas d'ironie. Alan déclara qu'il avait changé d'idée, et il quitta la maison, certain que cet homme le prenait pour un criminel. Et, à la vérité, il en était un. Il commençait à ressentir le dramatique de sa situation et, pendant un moment, il songea à retourner chez lui. Il pouvait dire que les bandits l'avaient emmené, puis relâché. Il n'avait pu voir leur visage, car on lui avait bandé les yeux. Il pouvait aussi déclarer qu'il était parvenu à sauver une partie de l'argent, qu'il avait déposé en lieu sûr. Pourquoi le soupçonnerait-on s'il regagnait Childon sans plus attendre?

Il était trois heures et quart quand il passa devant une succursale de l'Anglian-Victoria Bank. Il se demanda ce qui se passerait s'il entrait et se faisait connaître au directeur. Il franchit la porte. Des clients faisaient la queue aux guichets, et il éprouva une terrible envie de révéler son identité. Il suivit une des queues, avança lentement, passa devant une table recouverte de buvard vert. Un homme remplissait un chèque, et il se surprit à l'envier. Il était maintenant 3 h 25. Un garde se dirigea vers la porte pour empêcher d'entrer de nouveaux clients. Alan tournait et retournait dans sa tête les mots qu'il allait prononcer. Il dirait que le choc du hold-up lui avait momentanément fait perdre la mémoire, mais qu'il venait soudain de la retrouver en apercevant sur le bâtiment le A et le V entrelacés de l'Anglian-Victoria. Oui, mais comment explique-rait-il ses vêtements neufs? Il baissa les yeux vers son jean et, ce faisant, déchiffra le nom et l'adresse du client qui rédigeait son chèque : Paul Browning, 15, Exmoor Gardens. Alan Groombridge tourna les talons – comme s'il était las de faire la queue – et gagna la porte. Il avait trouvé une référence bancai-re. Et une nouvelle identité. Le sort en était jeté : il ne retournerait pas à Childon.

CHAPITRE IX

Ce fut Joyce qui se réveilla la première. Le sommeil lui avait rendu confiance. Elle éprouvait, pour ces deux abrutis qui dormaient encore, plus de mépris que de crainte. Comment pouvaient-ils dormir ainsi après avoir commis un hold-up suivi d'un enlèvement? Ils devaient être dingues. Elle se leva et s'habilla. Puis elle passa dans la cuisine pour se laver les mains et le visage. Y avait-il quelque chose à manger? Naturellement, ces pauvres minables n'avaient même pas un réfrigérateur. Mais elle trouva sur une étagère un paquet de bacon, des œufs et une boîte de haricots cuisinés.

Le ronflement du gaz qu'elle venait d'allumer réveilla Marty, lequel constata aussitôt que la jeune fille n'était plus sur le canapé.

— Nom de Dieu! cria-t-il.

Joyce apparut sur le suil de la cuisine, tandis que Marty, encore mal réveillé, cherchait son revolver à tâtons. La jeune fille retourna dans la cuisine, où elle avait préparé le thé.

— Donne-m'en une tasse, dit Marty en s'approchant.

— Vous vous servirez vous-même, répliqua Joyce. Mais auparavant, vous allez m'emmener jusqu'aux toilettes.

Elle y resta plus de cinq minutes. Sans doute à dessein, se dit Marty qui avait peur de voir apparaître Bridey, l'Irlandaise. Enfin, le bruit de la chasse d'eau, et la porte s'ouvrit devant Joyce qui rentra dans l'appartement et passa devant Nigel, sans lui accorder un regard, pour aller se laver les mains dans la cuisine. Après quoi, elle remplit son assiette avec tout ce qui se trouvait dans la poêle et s'installa devant la table pour manger. Les deux hommes furent donc obligés de préparer leur propre déjeuner.

– Il faut que l'un de nous sorte pour aller chercher un journal et autre chose à manger, dit Nigel.

– Et aussi de quoi boire! ajouta Marty.

– Vous ne préférez pas que j'y aille? proposa Joyce d'un air effronté.

– Tu vas bien, oui? grommela Nigel. – Et se tournant vers Marty : – Vas-y, toi. Je surveillerai cette pimbêche.

Joyce continua à manger d'un air dégoûté, ne voulant pas laisser paraître qu'elle était affamée.

– Quand allez-vous me laisser partir? demanda-t-elle.

– Demain, répondit Marty.

– Vous m'avez déjà dit ça hier.

– Eh bien, il n'aurait pas dû! Intervint Nigel. Parce que tu restes ici, ma belle. Et tu y resteras jusqu'à ce que j'en décide autrement.

Joyce se sentit frissonner. Mais elle n'en montra rien et demanda même d'un ton assuré :

– S'il sort, il pourrait m'apporter une paire de chaussures, j'imagine.

– Quoi! s'écria Marty. Tu me vois aller acheter des souliers de gonzesse, alors que tout le monde sait que tu en as perdu un?

– Achète-lui une paire d'espadrilles – ou quelque chose comme ça – au bazar. Sinon, elle va déchirer ses collants; et ensuite, c'est des collants qu'il nous faudra aller acheter.

– Vous me ramènerez aussi une brosse à dents, reprit Joyce.

Marty lui montra du doigt une brosse aux poils écrasés, qui reposait dans un verre sale.

– Vous croyez que je vais me servir de ça! dit-elle. Sans blague!

Dès qu'il eut fini de manger, Marty alla faire les courses, laissant son pistolet à Nigel.

Joyce, qui n'était pas habituée à rester inactive, annonça qu'elle allait nettoyer la cuisine. Une heure plus tard, Marty revint. Il jeta une paire de sandales sur le sol et laissa tomber son sac de provisions. Il était blême.

– Où est Joyce? demanda-t-il.

– Ah! c'est comme ça qu'elle s'appelle? Dans la cuisine, en train de faire le grand nettoyage de printemps. Mais qu'est-ce que tu as? Tu en fais une gueule!

Marty entreprit de tirer un journal de sa poche.

– Non, dit Nigel. Pas ici. Dehors.

Ils sortirent sur le palier, et Nigel referma la porte à clef derrière eux. Marty déplia son journal.

– Je ne comprends pas, dit Nigel. Qu'est-ce que ça signifie? Nous n'avons même pas vu ce type.

– Tu crois que c'est une feinte?

– Je ne sais pas. A quoi ça servirait-il? Et pourquoi parle-t-on de sept mille livres quand il n'y en avait que quatre?

– Le gars nous a peut-être vus, et il a eu la frousse... Tu as dit à cette fille que tu l'avais tué. Ce n'était pas vrai?

– Avec ton calibre à la gomme! ricana Nigel.

– Tu aurais pu lui en filer un coup sur la cafetière.

– Je te répète qu'il n'était pas là. Et maintenant, déchire ce canard et fous-le dans les chiottes. Il faut que la fille continue à croire que nous avons liquidé Groombridge. Et il faudra ensuite que nous foutions le camp d'ici.

Joyce finit de nettoyer la cuisine, puis se lava les dents avec du savon et la brosse apportée par Marty.

Celui-ci ressortit à sept heures et revint avec du whisky, du vin et des plats chinois tout préparés. Joyce mangea dans la cuisine, les deux jeunes gangsters dans l'autre pièce, assis à même le sol. Marty, que le whisky rendait plus sociable, lui en offrit un verre. Elle le refusa, ainsi que le riesling yougoslave que buvait Nigel.

Lorsqu'ils se furent installés pour la nuit, Joyce se mit à réfléchir. Puisqu'on ne voulait pas la relâcher, il lui fallait trouver un moyen de s'évader. Dès qu'elle entendit ronfler les deux hommes, elle quitta sans bruit le canapé et se dirigea vers la cuisine en marchant sur la pointe des pieds. Dans la journée, en nettoyant le placard qui se trouvait sous l'évier, elle avait découvert un vieux stylo à bille. Elle en essuya soigneusement la pointe et constata qu'il était encore utilisable. Elle prit place devant la table, éclairée par la lumière des réverbères, et se mit à griffonner sur le sac en papier dans lequel Marty avait apporté les espadrilles.

Ils ont tué Mr. Groombridge, et ils me retiennent prisonnière dans un appartement de cette rue. Je ne connais ni le nom de la rue ni le numéro de la maison. Ils sont deux. Agés de vingt ans environ. L'un d'eux est petit et brun, l'autre grand et blond. Aidez-moi à m'enfuir. Ils ont un pistolet et sont dangereux.

Joyce Marilyn CULVER

Joyce songea à enrouler son message autour de la pierre ponce de l'évier et à la lancer dans la rue. Mais il lui fut impossible d'ouvrir la fenêtre. Cependant, le vasistas des toilettes s'ouvrait, lui. Elle attendrait donc jusqu'au lendemain matin.

Elle glissa le papier entre ses seins et alla se recoucher.

A neuf heures, elle était levée. Elle secoua Marty, qui se réveilla avec la gueule de bois et une migraine carabinée.

– Fous-le camp! grogna-t-il en enfonçant son museau dans son oreiller crasseux.

– Si vous ne vous levez pas pour m'emmener aux toilettes, je tape contre la porte avec cette chaise et je brise la fenêtre!

– Fais ça, et tu es morte! déclara Nigel en bousculant Marty pour s'emparer du pistolet.

Néanmoins, il se leva, ouvrit la porte et sortit sur le palier avec la jeune fille. Il s'appuya au mur avec l'impression d'avoir une armée de lutins en train de se bagarrer à l'intérieur de son crâne. Il se dit qu'il avait été fou de se soûler de cette façon.

Joyce avait enveloppé la pierre ponce dans la feuille de papier contenant son message. Elle grimpa sur le siège des toilettes pour essayer de voir ce qui se trouvait de l'autre côté du vasistas. Mais il était plus haut que ses yeux, bien qu'il fût à la portée de sa main. Elle lança son projectile et, en même temps, actionna la chasse d'eau pour couvrir le bruit que la pierre pouvait faire en tombant.

Quand elle eut regagné l'appartement, l'autre se tourna vers elle d'un air furieux.

– Mais, ma parole, tu portes un de mes tee-shirts! s'écria-t-il.

– Il faut bien que je change de vêtements, non? Je ne vais pas garder les mêmes pendant des jours et des jours, comme vous le faites, vous. Et vous allez me porter tout ce linge sale à la blanchisserie. A quoi ça servirait que je nettoie votre... palais, si ça continue à puer le linge sale?

Aucun des deux hommes ne répondit.

Marty emporta sa radio aux toilettes, mais il ne put rien trouver sur les ondes que de la musique pop. Quelques instants plus tard, il sortit pour aller faire des courses. C'était un gars de la campagne, et il n'aimait pas rester enfermé dans un appartement. Mais cela ne l'empêchait pas de trembler toutes les fois qu'il apercevait une voiture de police. Nigel, au contraire, aimait rester dedans : il avait un faible pour les petites chambres crasseuses où il pouvait faire des rêves grandioses dans lesquels il se voyait en Superman, entouré d'un tas de débiles et de femmes stupides qui ramperaient devant lui et lui obéiraient sans rechigner. Or, cette stupide femelle était maintenant occupée à laver les plinthes!

– Alors, demanda-t-elle en tournant la tête, quand allez-vous me laisser enfin sortir d'ici? Avez-vous réfléchi à la question?

– Est-ce qu'on ne s'occupe pas bien de toi, par hasard? Tu manges à ta faim, et tu pourrais boire autant que tu le voudrais – mais tu n'as pas l'air d'aimer ça. Je sais bien que cette piaule n'est pas terrible, mais il y a plus mal.

– Vous plaisantez, j'imagine. Quand allez-vous me laisser partir?

– Ne peux-tu pas parler d'autre chose que de partir?

– Comment vous appelez-vous?

– Roberd Redford, répondit Nigel, à qui on avait parfois dit qu'il ressemblait à cet acteur dans ses premiers films.

– Alors, Robert, quand allez-vous me laisser partir?

– Quand je serai prêt, Joyce. Quand mon camarade et moi aurons pu trouver le moyen de quitter le pays et que tu ne risqueras plus d'aller fournir à la police des renseignements dangereux pour nous.

– Pourquoi ne parlez-vous pas toujours de cette façon? demanda la jeune fille en se levant. Quand vous le voulez, vous pouvez avoir un fort bon accent, au lieu de votre affreux cockney.

– Oh, la ferme, tu veux? s'écria Nigel, agacé. Fous-moi un peu la paix.

Joyce esquissa un sourire, satisfaite d'elle-même.

CHAPITRE X

La Ford Escort utilisée par les deux jeunes gangsters n'avait pas encore été retrouvée, mais on avait découvert sans difficulté, dans le parking de Colchester, la voiture abandonnée par Alan Groombridge. Les empreintes de son propriétaire se trouvaient à l'intérieur, ainsi que celles de sa femme. Il y en avait également une autre série, provenant d'un ouvrier agricole de Stoke Mill, qu'Alan avait pris à son bord le mardi précédent. Mais, naturellement, la police ignorait ce détail, et il ne vint pas à l'idée de l'ouvrier en question qu'il serait bon de se faire connaître.

La police avait aussi interrogé Christopher et Jillian au sujet de leurs amis respectifs et de toute personne à qui ils auraient pu fournir des renseignements sur la succursale de Childon de l'Anglian-Victoria Bank. On pensa d'abord que la fuite avait des chances de venir de Christopher, qui était un garçon et l'aîné des deux enfants Groombridge. Mais il apparut bientôt qu'il n'avait jamais manifesté le moindre intérêt pour les affaires de la banque, qu'il ignorait totalement ce qui pouvait se trouver dans le coffre et que, d'autre part, tous ses amis étaient, comme lui, des garçons respectueux des lois. Quant à Jillian, elle fit sur les policiers une impression de naïve innocence! Toutes les fois qu'elle sortait, expliqua-t-elle, c'était pour passer son temps avec Sharon et Bridget; bien entendu les deux jeunes filles confirmèrent ses déclarations. D'ailleurs, elles n'auraient pu mentionner le nom de John Purford, car elles ne le connaissaient pas. On en vint à la conclusion qu'il n'y avait peut-être pas eu de fuite du tout.

Alan goûta le *Faust* de Marlow, s'identifiant avec son protagoniste. Comme lui, il avait vendu son âme pour obtenir les biens de ce monde – trois mille livres! En sortant du théâtre, il se dit qu'il devait chercher refuge à Notting Hill. Il n'avait jamais mis les pieds dans ce quartier, mais Wilfred Summitt – qui n'y était jamais allé, lui non plus – en parlait comme d'une sorte de Sodome et Gomorrhe. Il se rendit donc dans deux agences immobilières de Notting Hill, où on lui fournit plusieurs adresses d'appartements. Il fut assez surpris de constater que ce que certains propriétaires londoniens désignent de ce nom n'est, en réalité, qu'une pièce de trois mètres sur quatre comportant un évier et un réchaud à gaz. Ayant ensuite déjeuné dans un pub – c'était là pour lui une expérience nouvelle –, il acheta un journal et un petit poste à transistors. Ainsi équipé, il alla s'asseoir sur un banc de Kensington Gardens et apprit que l'Anglian-Victoria Bank offrait une récompense de vingt mille livres pour tout renseignement qui conduirait à l'arrestation des voleurs et au retour de Joyce Culver et de lui-même.

Une jeune fille vint s'asseoir à côté de lui et se mit à distribuer des bouts de biscuits rassis aux pigeons et aux moineaux. Elle ressemblait tellement à la fille créée par son imagination – avec son cou mince et long, ses mains fines et délicates, ses cheveux noirs et raides qui retombaient sur ses épaules comme un écheveau de soie – qu'il ne put s'empêcher de la dévorer des yeux. La seconde fois que son regard croisa celui de la jeune beauté, elle sourit et fit observer d'une voix grave et bien timbrée, combien il était triste de voir les pigeons venir voler aux petits oiseaux les plus gros morceaux de biscuit. Mais que faire? il fallait bien qu'ils vivent, eux aussi.

Il était gêné par la ressemblance de cette fille avec son idole imaginaire et aussi parce qu'il se sentait la proie d'un désir inhabituel. Etait-ce là véritablement la femme qui lui était destinée? Il lui répondit d'un ton hésitant, puis il s'enhardit jusqu'à lui demander si elle habitait dans les environs.

– A Pembroke Villas, dit-elle. Je travaille dans une boutique d'antiquités de Pembroke Market.

– Je vous demande cela, expliqua-t-il vivement, de crainte qu'elle ne se méprît sur ses intentions, parce que je suis à la recherche d'un logement. Juste une chambre et peut-être une petite cuisine.

– Depuis deux ans, répondit-elle, c'est devenu assez difficile. Le meilleur moyen, c'est d'acheter les journaux du soir dès qu'ils paraissent, de parcourir les petites annonces et de téléphoner sans perdre un instant. On trouve aussi parfois des offres dans les vitrines des marchands de journaux. Il y en a assez régulièrement dans la boutique située près du marché.

Etait-ce une invite? Elle s'était levée et lui souriait d'un air engageant. Pour la première fois, il remarqua qu'elle était fort bien vêtue, exactement comme la fille brune de ses rêves.

– Si vous allez dans cette direction, me permettez-vous de vous accompagner? demanda-t-il.

– Bien sûr.

Durant le trajet, d'ailleurs assez long, la jeune fille parla des difficultés de logement et des expériences plus ou moins désastreuses de certains de ses amis. En ce qui la concernait, elle n'avait pas de problème, puisque l'appartement qu'elle habitait était sa propriété personnelle. Il se dit qu'il serait merveilleux de la revoir, de bavarder de nouveau avec elle.

– Si vous passez par ici, dit-elle avant de le quitter devant Pembroke Market, arrêtez-vous pour me tenir au courant de vos recherches.

Son sourire était toujours engageant, mais sans effronterie. Il était convaincu qu'elle attendait qu'il lui demandât s'il pouvait la revoir avant même d'avoir trouvé un appartement – pourquoi pas ce soir même? –, mais il se sentait paralysé. Comment savoir s'il ne se trompait pas dans ses déductions? Il la regarda s'éloigner, persuadé qu'il avait lu de la déception dans ses yeux.

Dans la vitrine du marchand de journaux, il n'y avait, pour l'heure, que des demandes de location. D'autres personnes désiraient vendre des landaus ou des pianos. Sur une autre carte, une « jeune femme ravissante » proposait des « massages » et des leçons de français « très sévères ». Alan allait s'éloigner lorsqu'une main ouvrit par derrière la vitrine des petites annonces pour ajouter une nouvelle carte, laquelle offrait précisément une chambre, moyennant un loyer de dix livres par semaine. L'adresse était : 22, Montcalm Gardens. Il la chercha dans son guide de Londres. Puis, se sentant fatigué, car il avait beaucoup marché, il héla un taxi. C'était la première fois de sa vie qu'il se livrait à cette excentricité.

Le nom inscrit sur la carte était Engstrand. Montcalm Gardens était une rue assez quelconque mais non point laide, bordée de maisons de style victorien. Le numéro 22 était particulièrement propre et bien tenu. La porte lui fut ouverte par une jeune femme qu'il supposa être Mrs. Engstrand.

– J'ai vu votre annonce, commença-t-il après avoir salué, et je...

– Déjà? Il y a à peine une demi-heure que je l'ai remise.

– On était justement en train de la glisser dans la vitrine.

– Eh bien, donnez-vous la peine d'entrer.

Elle avait une voix cultivée qui le surprit quelque peu, étant donné son apparence. Elle devait avoir la trentaine, peut-être un peu plus. Son visage était un peu trop pâle, sans aucun maquillage et entouré d'une masse de cheveux bruns et bouclés. Alan se demanda si elle était sortie dans la tenue qu'elle arborait en ce moment : un jean effrangé et un sweater troué aux coudes. Il entra, et elle referma la porte derrière lui.

– Je dois tout d'abord vous prévenir que la chambre se trouve au sous-sol, pour le cas où vous éprouveriez une quelconque prévention contre les sous-sols.

– Il n'en est rien, rassurez-vous.

S'il en jugeait d'après le hall et une pièce qu'il entrevoyait par une porte du fond, la maison était luxueusement meublée. Qu'allait-on lui offrir, en un tel lieu, pour dix livres par semaine? Un placard sous l'escalier?

En bas, il y avait une sorte de vestibule aux murs blancs, au sol recouvert d'un tapis en sisal rouge. Alan attendit qu'on lui montrât le placard. La jeune femme ouvrit une porte, et il vit ce qu'il s'était attendu à trouver dans la première maison qu'il avait visitée.

– En tout cas, reprit la jeune femme, la pièce est grande et tout de même assez claire. Ici, vous avez une petite cuisine, et les locataires peuvent profiter du jardin. Evidemment, celui de cette chambre est tenu de partager la salle de bains avec Mr. Locksley. Mais c'est un monsieur très bien, vous verrez.

Effectivement, la chambre était grande et pourvue de portes-fenêtres. Sur l'un des murs, des étagères chargées de livres. Le sol était recouvert d'un tapis identique à celui du vestibule, et, bien que les meubles ne fussent pas de la même qualité que ceux d'en-haut, ils étaient robustes et confortables. Par les portes-fenêtres, on apercevait une pelouse au milieu de laquelle se dressaient deux bouleaux. Au-delà, un mur de brique couvert de lierre.

·– C'est la chapelle d'un couvent, expliqua la jeune femme. Les Oblats de Saint-Charles.

– Ah! comme ceux dont on parle dans l'essai de Lytton Strachey?

– Vous l'avez lu? demanda-t-elle. C'est merveilleux. Tous les grands écrivains victoriens sont là, sur l'étagère du haut. J'espère que vous n'avez rien contre ces livres? Ce sont presque tous des romans, et je ne puis les mettre nulle part ailleurs, car mon beau-père ne peut souffrir les œuvres de fiction.

– Pourquoi donc?

– Il prétend que c'est la fiction qui est la cause de la plupart de nos ennuis, parce qu'elle fait vagabonder notre imagination et nous empêche d'affronter la réalité. Mon beau-père s'appelle Ambrose Engstrand, comprenez-vous?

Il ne comprenait pas, car il n'avait jamais entendu parler d'Ambrose Engstrand. Toute cette conversation signifiait-elle donc que l'on acceptait de lui louer la chambre?

– Je puis vous fournir une référence bancaire, dit-il. Est-ce que cela suffira?

– Je déteste avoir à demander ce genre de renseignement, répondit la jeune femme d'un air grave. Cela me paraît tellement indiscret. Mais Ambrose affirme que je dois le faire. En ce qui me concerne, quiconque apprécie les grands Victoriens est parfait. Mais, la maison appartenant à Ambrose, je suis bien obligée de me conformer à ses directives.

– Je m'appelle Paul Browning, dit Alan, et j'habitais au 15 d'Exmoor Gardens. Ma banque est l'Anglian-Victoria, succursale de Paddington. Pensez-vous que je puisse emménager cette semaine?

– Aujourd'hui même si vous le désirez, répondit-elle en souriant de son étonnement. Je n'ai pas voulu dire que j'avais l'intention d'écrire à votre banque. Je laisserai seulement croire à Ambrose que je l'ai fait. Mr. Locksley n'a même pas de banque, ce qui ne l'empêche pas de me payer son loyer avec la plus grande ponctualité. Je savais dès le début que ce serait un excellent locataire, car il connaît par cœur tous les sonnets de Shakespeare.

Alan se sentait tout étourdi. Il remercia chaleureusement et annonça qu'il s'installerait le soir-même. Il alla reprendre sa valise à la consigne de Paddington et, au retour, s'arrêta pour boire une tasse de thé. Il était maintenant Paul Browning, et ce serait sous ce nom qu'il se présenterait, le lendemain, à la jolie brune aux longs cheveux noirs.

CHAPITRE XI

Le père de Joyce Culver offrit sa maison – ou le prix que l'on pourrait en tirer – pour qu'on lui rende sa fille saine et sauve. C'était là toute sa fortune. Marty et Nigel lurent cette proposition dans le journal.

– A quoi nous servirait la baraque – ou même le fric –, si nous étions en cabane? dit Nigel.

– Nous pourrions lui faire promettre de ne rien dire aux flics. Ensuite, il vendrait la maison et nous remettrait l'argent.

– Ah oui? Et pourquoi ferait-il une chose pareille, une fois qu'il aurait récupéré sa fille? Cesse de débiter des conneries, tu veux?

Ils parlaient à voix basse sur le palier, pendant que Joyce, enfermée dans les toilettes, tentait de lancer un autre message par le vasistas. Elle ignorait que l'emplacement des poubelles se trouvait juste au-dessous et que son premier message était déjà parti avec les ordures ménagères. Quant au second, il tomba également au milieu des épluchures de pommes de terre que Bridey – la jeune Irlandaise – avait jetées la veille au soir.

– Quand vais-je pouvoir m'en aller? demanda Joyce en reparaissant.

– Parle pas si fort! souffla Nigel, effrayé, bien que Bridey fût absente et Mr. Green sourd comme une cruche.

– Quand vais-je pouvoir m'en aller d'ici? répéta la jeune fille en criant à tue-tête.

Marty lui plaqua la main sur la bouche, la poussa brutalement à l'intérieur de l'appartement, et elle sentit le canon du pistolet plaqué à ses reins. Cependant, elle commençait à se poser des questions au sujet de cette arme.

– Si tu recommences un truc comme ça, grommela Marty, tu pourras te servir d'un pot de la cuisine.

– Charmant. Je suppose que vous avez été habitué de cette manière, chez vous. Je devrais dire dans votre porcherie. A moins que vous n'ayez une cabane au fond du jardin!

Elle releva la tête et le considéra d'un air à la fois furieux et méprisant. Marty se mit à la détester, car elle venait précisément, sans le savoir, de décrire les commodités qui existaient chez ses parents. On était aujourd'hui jeudi, et il se demanda pourquoi Nigel et lui ne pourraient pas partir en laissant la fille bâillonnée et attachée au fourneau de cuisine. Ensuite, ils iraient se mettre en lieu sûr et passeraient un coup de téléphone anonyme à la police pour indiquer l'endroit où se trouvait la jeune fille. A voix basse, il exposa son idée à son complice; mais celui-ci déclara que ça ne pouvait pas marcher. D'une part, ils n'avaient aucun endroit où se réfugier; d'autre part, s'ils téléphonaient pour donner l'adresse de l'appartement, les flics auraient tôt fait d'apprendre l'identité de Marty. Autant valait aller se constituer prisonniers tout de suite. Nigel ajouta qu'il avait un plan, lui; mais il refusa de le révéler. Ce qui incita Marty à penser que c'était là une blague, une autre manière de crâner et d'essayer de se mettre en valeur. Sa seule consolation, c'était qu'il pouvait désormais acheter une quantité quasi illimitée d'alcool. La veille, il avait bu plus d'une demi-bouteille de whisky; aujourd'hui, il allait la finir et en entamer une autre. Il ne pouvait comprendre pourquoi Nigel s'était mis à ménager Joyce et même à la flatter. A quoi cela servait-il, alors que la seule méthode possible, c'était de lui foutre la frousse? Nigel lui avait même demandé d'aller acheter des revues pour Joyce : *Women* et *Nineteen*. Il lui avait également fait apporter les taies d'oreiller à la blanchisserie du coin de la rue, alors qu'il déclarait aimer la crasse, prétendant que la propreté était l'apanage des bourgeois. Marty haussa les épaules et se versa une pleine tasse de whisky.

— La prochaine fois que vous sortirez, lui dit Joyce, vous m'achèterez de la laine et des aiguilles : j'ai envie de tricoter pour passer le temps.

— J'suis pas ton esclave! grogna le jeune gangster.

— Fais ce qu'elle te demande, intervint Nigel. Pourquoi pas, si ça peut lui faire plaisir?

La pièce était maintenant d'une propreté immaculée. Joyce avait même lavé les rideaux, et Nigel était allé emprunter un fer à Mr. Green, pour que la jeune fille pût les repasser. ainsi qu'un corsage qu'elle venait également de laver. Marty se dit que son camarade avait vraiment perdu la tête, et il lança à la jeune fille un coup d'œil chargé de ressentiment. Deux heures plus tôt, elle s'était lavé les cheveux; elle portait maintenant une jupe et un chemisier impeccables, sans le moindre faux pli; et elle était en train de se faire les ongles avec la lime que Nigel lui avait fait acheter. Il avait même réclamé du rimmel, cet abruti de Nigel! Mais lui, Marty, avait refusé carrément d'acheter ce genre de truc.

Ce jour-là, Nigel ne parla guère : il réfléchissait. Marty commençait à l'énerver, avec ses idées stupides. Sans compter qu'il était soûl la plupart du temps. Sinon, il aurait compris qu'il était impossible de se séparer de Joyce. La seule méthode possible, c'était de l'amener à se ranger de leur côté. C'était dans ce seul but qu'il avait changé d'attitude envers elle, qu'il se montrait gentil, la félicitait pour la propreté de l'appartement, lui faisait acheter tout ce qu'elle désirait.

Il était maintenant étendu sur le matelas, aussi éloigné que possible de Marty, qui ronflait, transpirait et empestait le whisky. Il considéra un instant, à la pâle clarté qui entrait par la fenêtre, le visage de Joyce endormie. Puis il se leva, passa dans la cuisine et alla se regarder dans la glace fêlée qui se trouvait au-dessus de l'évier. De beaux yeux bleus, un nez droit, une bouche bien dessinée. N'importe quelle femelle devrait pouvoir tomber amoureuse de moi, se dit-il.

Marty ressortit dans la matinée. Il rapporta de la laine à tricoter marron, deux jeux d'aiguilles, du savon de toilette et du dentifrice, sans oublier deux autres bouteilles de whisky. Il ne comptait pas ce qu'il dépensait, se contentant de prendre une poignée de billets chaque fois qu'il sortait. En dehors des articles destinés à Joyce, il achetait de la nourriture coûteuse et des livres pornographiques copieusement illustrés. Il avait également fait l'acquisition de véritables verres à whisky et de plusieurs cartouches de cigarettes. Chaque jour, ses absences duraient un peu plus longtemps et, au fond, Nigel s'en réjouissait. En effet, lorsqu'il était là, il enfumait toute la pièce, tout en contemplant d'un œil lubrique les photos qui s'étalaient sur les pages de ses livres et de ses magazines. Nigel se sentait un peu gêné pour la jeune fille, mais celle-ci n'avait pas l'air d'attacher la moindre importance aux lectures de Marty. En réalité, elle songeait au pistolet. De deux choses l'une : ou bien, il n'était pas chargé, ou bien ce n'était pas un vrai pistolet. Dans tous ses messages – elle en avait un troisième dans son soutien-gorge –, elle avait écrit que les deux jeunes bandits avaient tué Alan Groombridge. Mais elle se demandait à présent si c'était bien la vérité. Après tout, elle n'avait que la parole de ces voyous. L'arme pouvait fort bien être fausse. Elle avait lu quelque part que certains voleurs se servaient de pistolets de ce genre, en raison de la difficulté qu'ils rencontraient pour se procurer des vrais. Si elle pouvait mettre la main dessus et constater que ce n'était qu'un jouet, elle serait libre. Certes, il lui serait impossible d'ouvrir la porte, car Nigel portait la clé suspendue à son cou, mais elle pouvait soit s'enfuir au moment où on l'emmènerait jusqu'aux toilettes, soit briser un carreau d'une fenêtre et appeler au secours.

Oui, mais comment allait-elle pouvoir examiner ce pistolet? La nuit, ils le gardaient sous l'oreiller. Or, si Marty dormait à poings fermés, Nigel avait le sommeil léger. Elle ignorait leurs noms – qu'ils ne prononçaient jamais –; mais dans sa pensée, Nigel c'était « Robert », et l'autre le « moricaud ». Peut-être Robert s'enivrerait-il un soir; et alors, elle sauterait sur l'occasion.

Au dîner du vendredi, on mangea des truites fumées et des plats cuisinés. Marty avait ensuite bu une demi-bouteille de whisky. Joyce s'était assise sur le divan avec les pieds remontés, de manière qu'aucun de ces deux lascars ne pût venir prendre place à côté d'elle. Elle était maintenant occupée à tricoter un jumper.

– En fait, dit-elle au bout d'un moment en levant la tête, vous ne savez pas quoi faire de moi. En m'emmenant, vous vous êtes fourrés dans un pétrin dont vous ne savez pas comment sortir. Vous n'avez pas plus de cervelle que des moineaux. Je serais capable, moi, toute seule, de dévaliser une banque et de m'en tirer mieux que vous.

Nigel se retint et parvint même à sourire.

– Peut-être as-tu raison, ma chérie, dit-il. Nous commettons tous des erreurs.

– Moi pas! déclara Joyce d'un ton arrogant. Si on est respectueux des lois, si on a un travail régulier et si on sait faire face à ses responsabilités, on ne commet pas d'erreurs.

– Ferme ta gueule, sale garce! beugla Marty. Et garde tes conneries pour toi. Tu te prends pour qui, hé? Souviens-toi que tu es notre prisonnière.

Joyce fit entendre un petit rire.

– Oh! non, répondit-elle d'une voix douce. C'est même tout le contraire : c'est vous qui êtes mes prisonniers.

CHAPITRE XII

Alan rangea ses vêtements et cacha ses billets dans un des tiroirs du secrétaire. On n'entendait pas le moindre bruit dans la maison, et cela le surprit un peu. Puisque sa jeune propriétaire avait un beau-père, elle devait aussi avoir un mari et, peut-être, des enfants. Les deux radiateurs de sa chambre s'étaient mis en route à six heures, et il faisait bon dans la pièce. Mais il ne semblait pas y avoir d'eau chaude. Après un instant d'hésitation, il monta se mettre à la recherche de Mrs. Engstrand.

Un filet de lumière passait sous une porte. Il frappa, et la jeune femme vint lui ouvrir. Elle était seule dans la pièce, et elle portait encore son jean et son sweater.

– Veuillez m'excuser, dit-elle en réponse à sa question. Il y a un chauffe-eau électrique dans le placard qui se trouve près de votre porte. Vous le partagez avec Mr. Locksley. Je vais vous montrer. Il faudra que je lui dise de le laisser constamment branché, maintenant que vous êtes là.

Alan ne jeta qu'un coup d'œil dans la pièce, mais cela lui suffit. Un tapis sombre, des rideaux de satin couleur paille, des revêtements muraux de soie, des porcelaines de Chine, des photographies d'un homme d'un certain âge très élégant et d'un autre plus jeune.

Elle montra à Alan le chauffe-eau et l'interrupteur.

– Ce brave Mr. Locksley – Cæsar, comme nous l'appelons – s'efforce toujours de me faire économiser de l'argent, expliqua-t-elle. Mais ce n'est pas nécessaire. Pour cette partie de la maison, c'est moi qui règle les factures, et Ambrose ne les voit même pas.

Il ne comprit pas très bien ce qu'elle voulait dire, mais il était trop timide pour réclamer des précisions. Cette même timidité l'empêcha d'inviter Mrs. Engstrand à boire un verre, bien qu'il eût acheté du cognac, du gin et de la vodka. Il se dit qu'il pourrait peut-être l'inviter lorsque son mari reviendrait; en même temps que Cæsar Locksley et la jeune fille aux cheveux noirs.

Ce soir-là, ainsi que le lendemain matin il écouta la radio, mais on ne parla ni de lui ni de Joyce. Il alla acheter un journal. En dernière page, un entrefilet lui apprit que Mr. Culver offrait sa villa pour le retour de sa fille. Il se demanda comment réagiraient la police et la banque si Joyce revenait saine et sauve pour leur déclarer qu'elle était seule au moment du hold-up et qu'il n'y avait, en tout et pour tout, que quatre mille livres.

Il se rendit à Pembroke Market, mais la jeune fille aux cheveux noirs n'était pas là : c'était son jour de repos, et Alan n'osa pas demander son adresse. Néanmoins, il apprit son nom : Rose. Il se promit de revenir le lendemain et de rassembler assez de courage pour lui demander de sortir avec lui samedi soir. Il venait de rentrer dans sa chambre lorsqu'on frappa à la porte. Il alla ouvrir pour se trouver en face d'un homme aux cheveux roux, – âgé d'une trentaine d'années.

– Permettez-moi de me présenter, dit-il en souriant. Cæsar Locksley.

– Paul Browning. Donnez-vous la peine d'entrer.

Il avait été à deux doigts de donner son véritable nom. Le visiteur entra.

– Mon véritable prénom est Cecil, expliqua-t-il. Mais, quand j'étais au collège, j'ai tenu plusieurs fois le rôle de Jules César, et j'ai, en quelque sorte, adopté ce surnom.

– Est-il exact que vous connaissiez par cœur tous les sonnets de Shakespeare?

– Ah! C'est Una qui vous a dit ça, hein? Je ne suis pas particulièrement intelligent, mais j'ai une bonne mémoire. Una est une fille charmante. Que diriez-vous si nous allions tous les trois boire un verre quelque part?

Alan répondit qu'il n'y voyait pas d'inconvénient. Mais si le mari d'Una rentrait entre-temps? Cæsar déclara que, Dieu merci, il n'y avait pas de danger de ce côté-là. Il s'absenta pour revenir au bout d'un instant en disant que Una ne pouvait les accompagner, car elle attendait un coup de téléphone de Djakarta. Les deux hommes se rendirent donc seuls au *Kensington Park Hotel*.

– Que vouliez-vous dire, tout à l'heure, à propos de notre jeune propriétaire? demanda Alan quand ils furent installés devant deux chopes de bière. Est-elle veuve?

– Oh! non. Le beau Stewart est bien vivant. Quelque part aux Antilles, avec sa nouvelle dulcinée. C'est Annie, ma petite amie, qui me l'a appris. Elle a connu le nommé Stewart, à l'époque où il faisait battre tous les cœurs de Hampstead. En fait, Una est à présent la personne la plus seule que je connaisse. Complètement abandonnée. Mais qu'y faire? Je m'en serais bien occupé moi-même, mais... j'ai Annie, n'est-ce pas?

– Il doit bien y avoir des hommes libres, dans les parages.

– Pas tellement. Voyez-vous, Una a trente-deux ans. Elle n'est pas vilaine, certes; mais on ne peut pas dire, non plus, qu'elle soit particulièrement affolante. De plus, la plupart des hommes qui pourraient lui convenir ont tous soit une femme soit une maîtresse. D'autre part, elle ne sort guère et ne voit pratiquement personne. J'imagine que... ça ne vous dirait rien de vous intéresser à elle?

Alan se sentit rougir, mais il se dit que, dans cette lumière atténuée, son interlocuteur ne s'en apercevrait sans doute pas. Il pensait à Rose, à son sourire avenant, à son élégance. C'était vraiment la fille de ses rêves, qui s'était matérialisée. Il chercha, pour répondre à la question de Cæsar, une expression qui ne fût pas trop brutale.

– Elle ne m'attire pas tellement.

– Dommage. Evidemment, il faudrait qu'elle s'éloigne d'Ambrose. Mais on peut dire qu'il lui a, en quelque sorte, sauvé la vie. Elle était mariée à ce Stewart qui, d'après les photos que j'ai vues de lui, était un garçon d'une beauté remarquable. En vérité, si je n'étais pas hétéro jusqu'au bout des ongles, ce serait le genre de gars qui m'attirerait. Una et lui avaient un appartement à Hampstead, mais il était toujours en compagnie d'autres filles. Incapable de leur résister, affirme Annie. Et elles couraient toutes après lui. Finalement, Una en a eu assez, et ils se sont séparés. Seulement, ils avaient une fillette de deux ans, nommée Lucy, que Stewart prenait avec lui pour les week-ends. Un certain jour, il l'a emmenée chez sa maîtresse du moment, laquelle, si j'ai bien compris, vivait dans une espèce de taudis. Les deux amants se sont absentés pour aller boire un verre dans un pub. Pendant ce temps, la petite Lucy a renversé un poêle à pétrole, et sa chemise de nuit a pris feu.

– C'est horrible.

– Oui. Una a été malade pendant des mois. Le beau Stewart a filé tout de suite après l'enquête – au cours de laquelle le coroner l'avait littéralement éreinté –, et il est allé s'enfermer dans une villa de Dartmoor que lui avait léguée sa mère. C'est à ce moment-là qu'Ambrose est intervenu et a ramené Una dans cette maison où elle vit maintenant. Il écrivait à cette époque une œuvre qu'il considérait comme capitale, mais il l'a abandonnée pour se consacrer à elle. Il y a de cela trois ans. Depuis lors, elle tient la maison. Avant de partir pour Java, en janvier, il a fait aménager le sous-sol de la villa en déclarant que le montant des loyers serait pour elle. Cette situation devait, dans son idée, lui apprendre à assumer des responsabilités et à faire de nouveau face à la réalité.

– Qu'est-il advenu de Stewart Engstrand, après ces événements?

– Il est revenu au bout d'un certain temps en déclarant qu'il souhaitait reprendre la vie commune, mais Una a refusé. Peu après, il a fait la connaissance d'une femme riche, qui l'a emmené chez elle, à la Trinité... Une autre bière? A moins que vous ne préfériez autre chose.

– C'est ma tournée.

Le lendemain, vendredi, Rose travaillait au magasin d'antiquités. Elle était vêtue d'une robe noire avec des parements d'argent, et elle avait natté ses longs cheveux sombres. Elle avait un air lointain, mystérieux et fascinant. Alan avait préparé son discours, et il l'avait répété durant tout le trajet.

– Je vous avais promis de revenir pour vous mettre au courant de mes démarches. Eh bien, j'ai trouvé un endroit idéal. Sans vous, je n'aurais jamais pensé à regarder les petites annonces dans la vitrine de cette librairie, et je vous suis infiniment reconnaissant. Si vous êtes libre demain soir – je veux dire si vous n'avez rien de mieux à faire –, ne pourrions-nous... euh... aller quelque part? Vous avez été si bonne...

La jeune fille haussa les sourcils.

– Vous voulez me sortir parce que j'ai été... bonne?

– Ce n'est pas ce que j'ai voulu dire. Je...

Il était horriblement gêné, et cela le faisait bredouiller. Pourtant, il parvint à articuler, quelque peu effrayé de sa hardiesse :

– Personne, après vous avoir vue, ne pourrait penser cela de vous.

– C'est mieux, répondit-elle en souriant et en le fixant d'un air légèrement provocant.

Il essaya de prendre un ton aussi désinvolte que possible.

– Nous pourrions peut-être dîner ensemble et aller ensuite au théâtre. Qu'en pensez-vous? Puis-je... prévoir quelque chose et vous téléphoner?

– Je serai au magasin demain toute la journée. Vous pouvez donc m'appeler à n'importe quelle heure.

Elle fit entendre un petit rire de gorge, puis reprit avec un sourire :

– N'avez-vous rien oublié?

– Je... ne vois pas, bredouilla-t-il, craignant d'avoir commis une autre bévue.

– Votre nom, tout simplement.

Il lui dit s'appeler Paul Browning.

CHAPITRE XIII

Tout comme Alan Groombridge, Nigel vivait dans un monde imaginaire. Il se voyait à Monaco – ou peut-être à Rome –, avec Joyce comme esclave. Il l'obligerait à s'agenouiller devant lui pour lui présenter sa nourriture, et il ne détesterait pas la récompenser d'un coup de pied dans la poitrine. Elle serait au courant de chaque crime qu'il commettrait – car, à ce moment-là, il serait le prince du crime –, mais elle garderait jalousement tous ses secrets, car elle l'adorerait, acceptant ses insultes et ses coups avec la dévotion d'une chienne. Bien sûr, il y aurait d'autres femmes dans sa vie : des modèles, des artistes de cinéma à qui il accorderait la plus grande partie de son attention, tandis que Joyce resterait à la maison. Néanmoins, de temps à autre, il lui parlerait de ses débuts, de l'époque où elle le défiait, dans une minable petite chambre du nord de Londres. Jusqu'au moment où il l'avait vaincue, où il l'avait fait se courber devant lui pour toujours. Oui, elle ramperait à ses pieds, le remercierait pour sa condescendance, mendiant une rare caresse. Mais il se mettrait à rire et la renverrait d'un coup de pied. Aurait-elle donc oublié qu'elle avait, autrefois, menacé de le trahir?

En réalité, son expérience des femmes était à peu près nulle et son expérience fort limitée. A la sortie du lycée, il s'était aperçu que les filles le trouvaient à leur goût; mais plus elles étaient belles et plus elles lui faisaient peur. Face à la jeunesse et à la beauté, il se sentait paralysé. Son père l'avait envoyé chez un psychiatre – non point, bien entendu, à cause de ses échecs auprès des filles, échecs qu'il ignorait –, mais pour savoir si son rejeton était capable d'obtenir un diplôme et une situation comme tout le monde. Le psychiatre avait été incapable de faire la moindre découverte, car il avait surtout posé à Nigel des questions sur les sentiments qu'il éprouvait envers sa mère. Nigel avait répondu qu'il la détestait, ce qui était absolument faux, mais il savait que c'était là le genre de chose qu'aiment entendre les psychiatres. Ce dernier n'ayant prononcé aucun diagnostic, le jeune homme avait cessé de se rendre chez lui après la cinquième séance. Et il était parvenu à la conclusion que ce qu'il lui fallait, c'était une femme plus âgée – peut-être sans grand attrait – pour guider ses premiers pas dans le domaine de la sexualité. En effet, les femmes d'un certain âge lui faisaient moins peur que les jeunes filles, parce qu'il pouvait les mépriser et se dire qu'elles devaient lui être reconnaissantes de ses attentions.

Pourtant, Joyce n'était pas plus âgée que lui : il la croyait même un peu plus jeune. Mais elle ne le paralysait pas, car il ne la trouvait pas belle, avec ses yeux ronds, son nez camus et ses lèvres épaisses. Déjà, il commençait à la mépriser. Bien qu'il affectât de détester la belle vie, le cristal taillé, l'argenterie et les nappes de dentelle, les carrières libérales et les diplômes universitaires, son éducation avait laissé en lui une marque indélébile. Au fond de lui-même, il était snob, et Joyce lui était antipathique parce qu'elle était issue des classes laborieuses.

Le samedi matin, il apporta deux tasses de café : une pour elle, une pour lui. Quant à Marty, il ne buvait plus rien d'autre que du vin et du whisky.

– Qu'est-ce que tu tricotes? demanda-t-il.

– Un jumper.

Elle lui montra la page du magazine, sur laquelle on présentait, dans un sweater volumineux, une jeune femme au visage ravissant, mais au corps squelettique et presque totalement dépourvu de poitrine.

– Tu seras formidable, avec ça, affirma Nigel. Tu as un corps extraordinaire.

La jeune fille ne répondit pas. La remarque ne la flattait nullement, car tous les garçons avec qui elle était sortie le lui avaient déjà dit, et elle s'en était aperçue elle-même depuis l'âge de douze ans. On aime surtout être loué pour les attraits que l'on ne possède pas, et Joyce avait commencé à aimer Stephen le jour où il lui avait déclaré qu'elle avait des yeux merveilleux.

Un peu plus tard, pendant qu'elle se trouvait aux toilettes, Nigel déclara à Marty :

– Je voudrais que tu sortes, ce soir.

– Tu voudrais quoi?

– Que tu me laisses seul avec elle.

– Une idée sensass! grogna Marty. Je vais aller traîner dans le froid et dans le brouillard pendant que tu t'enverras la fille. Pas question.

– Réfléchis un peu, si tu en es capable. Et comprends que c'est la seule façon de nous tirer d'ici : mettre la fille de notre côté. D'ailleurs, tu n'es pas obligé de rester dans la rue : tu peux aller au cinéma.

Marty finit par admettre que la chose était logique, tout en se disant que si quelqu'un devait coucher avec Joyce, ç'aurait dû être lui, bien qu'il n'eût jamais songé à s'assurer le silence de la jeune fille par de tels procédés. C'était un réaliste, pour qui la vie consistait en parties de rigolade avec des femelles faciles, jusqu'au jour où il aurait atteint trente ans. Alors, il se marierait et habiterait dans une confortable petite maison.

Vers six heures, il avala un grand verre de whisky pur et s'en alla voir un film dans un cinéma de Camden Town.

— Où est-il parti? demanda Joyce.

— Voir sa mère.

— Il a donc une mère! Et où vit-elle? Dans la cage aux singes du zoo?

— Ecoute, Joyce, je me rends compte que ce n'est pas le genre de garçon auquel tu as été habituée, et ce n'est pas un genre que j'apprécie, moi non plus. Mais il m'a fallu le voir vivre pendant un certain temps pour m'en apercevoir.

— Ce n'est pas une raison pour le débiner quand il a le dos tourné. Je crois à la franchise et à la loyauté, moi. Et si vous voulez mon avis, entre vous deux, le choix serait malaisé!

Ils se trouvaient à ce moment-là dans la cuisine, et Joyce était occupée à laver son assiette. Nigel et Marty n'avaient pas utilisé d'assiettes, mais ils s'étaient servi chacun d'une fourchette, et Marty de l'un des nouveaux verres à whisky dont il avait fait l'acquisition. La jeune fille eut un instant l'idée de ne pas toucher à ces ustensiles; mais, comme ils choquaient son sens de la propreté, elle les lava également. Pour la première fois de sa vie, Nigel prit un torchon entre les mains et se mit à essuyer la vaisselle, après avoir posé son pistolet sur le fourneau.

Son mensonge concernant l'absence de Marty lui avait donné une idée. Une heure auparavant, son camarade avait ramené un journal dans lequel on annonçait, en dernière page, que Mrs. Culver se rétablissait à l'hôpital, après avoir absorbé une dose massive de somnifère. Nigel essuya maladroitement le verre; puis, ne perdant pas de vue son propre intérêt, annonça la nouvelle à Joyce. La jeune fille se laissa tomber sur la chaise.

– Vous n'êtes que deux pauvres cinglés, dit-elle, et vous agissez sans vous soucier des conséquences. S'il lui arrive quelque chose, mon père en mourra aussi.

– Je suis navré, Joyce, répondit Nigel d'une voix qu'il s'efforçait de radoucir. Nous ne pouvions pas prévoir la façon dont l'affaire allait tourner. Ta mère n'est pas morte; elle va guérir.

– Ce ne sera pas grâce à vous, en tout cas!

Elle paraissait sur le point de pleurer. Il s'approcha.

– Ecoute, dit-il, si tu veux lui envoyer une lettre, je m'arrangerai pour qu'elle la reçoive. Je ne peux pas mieux dire, hein? Ecris-lui que tu vas bien, qu'on ne t'a pas fait de mal, et ta lettre partira dès ce soir. Tu sais, je t'aime bien, Joyce. Vraiment. Et je te trouve une allure du tonnerre.

La jeune fille éprouvait des doutes sur la sincérité du jeune gangster; néanmoins, s'éclaircissant la gorge, elle répondit :

– Donnez-moi une feuille de papier.

Nigel reprit son pistolet et s'en alla à la recherche de papier. Mais, hormis celui des toilettes, il n'y en avait pas. Il lui fallut arracher une page de garde à un des livres de Marty. Puis, le pistolet ayant repris sa place sur le fourneau, il alla se planter derrière Joyce, qui écrivait :

Chère maman, Tu reconnaîtras mon écriture, et tu sauras ainsi que je vais bien. Ne te fais pas de souci, je serai bientôt de retour à la maison. Bien des choses à papa. Je t'embrasse affectueusement.

JOYCE.

Nigel lui posa la main sur l'épaule, et elle fut sur le point de lui crier : « Eloignez-vous de moi! » Puis elle se rendit compte que le pistolet était à la portée de sa main gauche, et elle se pencha en avant, au-dessus de la table. Nigel lui posa son autre main sur l'épaule.

— Joyce chérie, murmura-t-il.

Lentement, elle leva le visage, qui se trouva bientôt tout près du sien. Elle regarda les yeux froids du jeune homme, sa bouche aux lèvres entrouvertes. Il était assez joli garçon, et il ne serait sans doute pas trop répugnant à embrasser : inutile d'en faire un monde. Quant à aller plus loin... Au moment où il approchait sa bouche de la sienne, elle allongea le bras pour s'emparer de l'arme.

— Nom de Dieu! s'écria-t-il. Sacrée garce, va!

Il poussa le pistolet, qui tomba sur le sol, et il dut s'agenouiller pour aller le récupérer. Joyce s'éloigna de lui et s'adossa au mur, les bras croisés sur la poitrine. Il se releva et braqua l'arme sur elle en lui faisant signe de passer dans la salle de séjour. Elle s'assit sur le matelas, sa lettre à la main.

— Je crois que je ferais aussi bien de la déchirer, dit-elle d'une voix rauque.

— Tu n'aurais pas dû faire ça.

— Ne l'auriez-vous pas fait, à ma place?

Nigel ne répondit pas. Il réfléchissait, ne voulant pas gâcher son plan. La fille avait été sur le point de l'embrasser – peut-être même ne demandait-elle que ça –, et il avait senti s'éveiller en lui le désir.

– Ça ne change rien, dit-il. Ta lettre sera expédiée comme prévu.

Joyce fut surprise de la réponse, mais elle n'allait tout de même pas le remercier.

– Vois-tu, dit-il en prenant son accent de jeune homme bien élevé, j'ai cru que tu ne me trouvais pas trop antipathique. Et toi, tu m'as plu dès le début.

La jeune fille savait ce qu'il lui restait à faire. Pas maintenant, mais le lendemain, lorsque le moricaud serait sorti. Cette pensée lui soulevait le cœur, et elle se demandait ce qu'elle ressentirait ensuite. Elle allait se conduire comme une véritable prostituée. Et si elle tombait enceinte? Pourtant, il lui fallait agir, trouver le moyen de s'emparer de ce pistolet. Il serait temps de songer aux conséquences de son acte lorsqu'elle aurait retrouvé ses parents et son fiancé. Elle avait toujours été convaincue qu'elle ne coucherait jamais avec un autre homme que Stephen; mais nécessité fait loi. Elle leva les yeux vers Nigel.

– Ce que vous aviez envie de faire tout à l'heure, dans la cuisine, je ne suis pas contre. Mais pas maintenant. Ça m'a causé un choc, et je suis toute chose.

– Joyce, dit-il en faisant un pas vers elle.

– Non. J'ai dit pas maintenant. Pas au moment où l'autre risque de rentrer.

– Demain, je me débarrasserai de lui pour toute la soirée.

– Pas demain, déclara la jeune fille d'un ton ferme, repoussant autant que possible le moment fatal. Lundi.

CHAPITRE XIV

Alan avait choisi d'aller voir une comédie de Bernard Shaw, car il était sûr qu'il n'y aurait pas de scènes d'alcôve, de dialogues osés ou de mots crus, ce qui l'aurait gêné en présence de Rose. Mais quand il arriva à la location, on lui annonça qu'il ne restait que des troisièmes galeries. Il ne pouvait évidemment être question d'emmener une fille comme Rose au poulailler! Les autres théâtres des environs jouaient précisément le genre de pièces qu'il voulait éviter à tout prix.

Et soudain, il se sentit incapable de faire face aux événements. Incapable de se trouver seul avec Rose dans un restaurant, de composer un menu, de choisir un vin. Incapable de la ramener chez elle dans la nuit, de se sentir seul avec elle dans un taxi.

Quand il était monté pour aller parler du chauffe-eau à Una Engstrand, il avait envisagé de l'inviter à boire un verre samedi soir en compagnie de Cæsar Locksley. Pourquoi ne pas s'en tenir là et réunir chez lui Una, Cæsar et son amie Annie, ainsi que Rose? Cette dernière verrait ainsi comment il était installé, et il ne serait pas obligé de demeurer seul avec elle. Du moins jusqu'au moment où il la reconduirait à son domicile. Mais peut-être avait-elle une voiture. Cette soirée briserait la glace entre Rose et lui, facilitant leur prochaine rencontre.

Près du magasin du liquoriste où il acheta du vermouth, se trouvait un marchand de journaux. La feuille du soir lui apprit que la mère de Joyce Culver avait été transportée à l'hôpital dans le coma. Il eut soudain l'impression qu'un nuage noir passait devant ses yeux. Si cette femme mourait, ne pourrait-on dire que c'était de sa faute? Non. Car s'il avait donné l'alarme, si la police s'était lancée à la poursuite des ravisseurs de Joyce, qui pouvait savoir ce qui serait arrivé à la jeune fille? Avec des gens de cette espèce, mieux valait éviter la violence.

En rentrant, il rencontra Una dans le hall. Cæsar et lui devaient obligatoirement passer par la porte principale, car Ambrose avait fait murer celle de derrière, par crainte des cambrioleurs. Una, ménagère accomplie, était occupée à astiquer une lampe de cuivre. Il lui demanda si elle accepterait de venir à sa petite réunion.

— Bien volontiers, répondit-elle. Comme c'est gentil de m'inviter. Cæsar est allé chez Annie pour le week-end, comme il le fait généralement, mais je suis sûr qu'il la ramènera.

— Habite-t-elle Londres?

— Pas très loin. Du côté de Harrow, je crois. Il doit m'appeler tout à l'heure pour savoir s'il n'y a pas de message pour lui, et je lui transmettrai votre invitation. Je suis certaine qu'il acceptera.

Elle sourit. C'était une de ces personnes qui sont littéralement transfigurées par un simple sourire.

Rentré dans son appartement, Alan alluma la radio. Mais on ne parla pas de Mrs. Culver. Cette nuit-là, il rêva de Joyce. Cæsar Locksley lui demandait s'il la trouvait à son goût, et les sous-entendus de cette question l'effrayaient. En conséquence, il allait se cacher dans un placard qui contenait un chauffe-eau, des tas de bouteilles de xérès et les œuvres complètes d'Ambrose Engstrand. Il y faisait chaud, et il s'y sentait en sécurité. Joyce criait à l'extérieur, mais il ne se donnait même pas la peine de sortir pour voir ce qu'elle avait. Il se réveilla en sursaut, et il lui fut ensuite impossible de se rendormir avant le matin.

– Paul! Paul!

C'était une voix de femme qui appelait, et il lui fallut un moment pour se rappeler qu'il répondait maintenant à ce prénom. Il lui avait aussi semblé entendre frapper à la porte. Ce devait être Una. Mais quand il se leva pour aller ouvrir, elle n'était plus là. Il était plus de neuf heures et demie, et, pendant qu'il s'habillait, la porte de la rue claqua : Una était sortie. Il se demanda si elle verrait un inconvénient à ce qu'il utilisât le téléphone. Sans doute pas, puisque Cæsar paraissait s'en servir. Il se fit une tasse de thé, puis téléphona à Rose pour lui annoncer le changement de programme.

– Je croyais que vous m'emmeniez dîner, dit la jeune femme d'une voix changée.

Il se surprit à bredouiller.

– Je... j'ai invité ces gens, et je... Ils vous plairont : il y aura le locataire qui occupe la chambre voisine de la mienne et ma... propriétaire. Vous verrez comme la maison est agréable.

La voix de Rose se fit de nouveau entendre. Lente et comme incrédule.

– Vous devez être fou, ma parole! Vous vous imaginez que je vais venir boire un verre en compagnie de votre propriétaire? Merci bien. J'ai mieux à faire de mes soirées.

Un déclic. Elle avait raccroché. Il considéra un instant le récepteur d'un air ahuri, puis le reposa sur son support. La porte s'ouvrit au même instant devant Una.

– Veuillez m'excuser, dit-il. Je n'aurais pas dû me servir de votre appareil sans vous demander la permission au préalable. Naturellement, je vous paierai la communication.

– Etait-ce pour l'Australie?

– Euh... non. Pourquoi? C'était une communication urbaine.

– Dans ce cas, ne vous tracassez pas. J'ai dit « pour l'Australie », parce que vous n'auriez pas pu téléphoner en Amérique : ils sont tous endormis, à cette heure-ci. A propos, Cæsar n'a appelé que ce matin. J'ai frappé à votre porte, mais vous dormiez encore. Il lui est impossible de venir, car Annie et lui ont déjà accepté une invitation. Néanmoins, j'imagine que vous avez invité d'autres personnes?

– Seulement vous.

– Mais... vous ne voudriez pas que... je vienne toute seule?

Il eut l'idée de rappeler Rose et de lui renouveler son invitation à dîner. Mais il craignait sa réaction de mépris. Il sentait qu'il l'avait perdue et ne la reverrait jamais. Sa première tentative de vie mondaine se soldait par un échec. Un beau gâchis. Parce qu'il manquait d'expérience et n'avait aucune idée de la façon dont les gens s'organisaient; aucune idée de ce qu'ils attendaient de vous.

Una le considérait d'un air pensif et interrogateur à la fois.

– Bien sûr que si, répondit-il.

La journée s'écoula lentement. Il alla se promener dans le parc, incapable de comprendre la cause du ressentiment de Rose, mais se reprochant de ne l'avoir pas prévu. Il avait envisagé l'éventualité d'une liaison avec elle, mais il n'avait pas eu le courage de faire les premiers pas. Le journal du soir lui procura une légère satisfaction en lui apprenant que l'état de Mrs. Culver s'améliorait.

Una descendit à huit heures et demie, alors qu'il commençait à penser qu'elle ne viendrait pas. Elle avait troqué son jean contre une jupe et attaché ses cheveux avec un ruban, mais elle n'avait fait aucune autre tentative pour améliorer son apparence.

– Je boirais bien un peu de vodka, dit-elle en prenant place sur le canapé.

Il la servit, tout en se creusant la cervelle pour essayer de trouver un sujet de conversation. Le travail, les voitures, le coût de la vie? Ridicule.

– J'ai vu dans une librairie les œuvres de votre beau-père, dit-il brusquement. Que fait-il en ce moment à Java?

– J'imagine que c'est Cæsar qui vous a appris qu'il était là-bas. Il est gentil, Cæsar, mais un tantinet bavard. Et il vous a sans doute raconté beaucoup d'autres choses.

Elle lui sourit d'un air interrogateur, et il remarqua qu'elle avait des dents splendides, très blanches, régulières et bien rangées.

– A votre santé, reprit-elle en levant son verre.

Elle fit entendre un petit rire avant de continuer.

– Ambrose a entendu dire qu'il existe encore, en Indonésie, une tribu qui n'a ni folklore, ni légendes, ni mythologie et qui ignore même la lecture. Il a voulu aller voir si ces indigènes ont l'esprit libre et comprennent la réalité. A son retour, il se propose d'écrire un livre, dont il a déjà choisi le titre : *L'Esprit nu*. C'est moi qui dois le lui dactylographier.

Alan s'était assis en face d'elle. Il se sentait un peu mieux. Sans doute l'effet de l'alcool, se dit-il.

– Vous êtes donc dactylo? demanda-t-il.

– Pas le moins du monde. Je suis censée apprendre à taper pendant son absence, et je suis allée dans un cours de dactylographie; mais on a commencé par me masquer le clavier, et je me suis sentie perdue. Comme si j'avais éprouvé une sensation de claustrophobie. Cæsar prétend que c'est idiot, naturellement. Comprenez-vous ça?

Elle avait pris une expression si comique et amusante qu'il ne put s'empêcher de rire. Il se rendit compte qu'il n'avait pas ri d'aussi bon cœur depuis bien longtemps.

– Bah! peu importe, continua la jeune femme. De toute façon, Ambrose pense que je constitue un cas désespéré. Mais laissons là ce sujet, et parlez-moi plutôt de vous.

Jusqu'à présent, Alan n'avait débité qu'un assez petit nombre de mensonges, car ni Rose ni Cæsar ne lui avaient posé de questions. Il n'avait guère menti qu'au sujet de son nom et de son adresse. Il déclara donc qu'il était comptable, mais avait quitté son emploi. Ce disant, il n'était pas tellement loin de la vérité.

– J'ai aussi quitté ma femme, ajouta-t-il. La semaine dernière seulement.

– Une rupture... définitive?

– Définitive. Je ne retournerai jamais.

– Et vous êtes parti de chez vous avec une simple valise?

– Ma foi, oui, répondit-il en jetant un coup d'œil involontaire vers le secrétaire où il avait rangé l'argent.

– Exactement comme moi. Je n'ai rien qui m'appartienne en propre, hormis mes vêtements et quelques livres. Stewart – mon mari – a tout gardé. Je crois qu'il a besoin de sentir qu'il possède quelque chose, même s'il est incapable de se servir des objets qu'il a conservés. Ambrose prétend que c'est là le signe infaillible de son instabilité et qu'il faudra bien que ça lui passe un jour, d'une façon ou d'une autre.

– Votre beau-père est encore plus dur que le mien! s'écria Alan en riant.

Elle rit aussi et lui tendit son verre.

– Encore un peu, s'il vous plaît. Je trouve ça délicieux, et je me sens très bien. Je crois, en effet, qu'Ambrose est impossible! Mais si je m'avise de le dire, tout le monde pensera que c'est moi qui le suis. Parce que... chacun de nous se croit merveilleux, n'est-ce pas?

Elle marqua un temps d'arrêt avant d'ajouter d'un ton convaincu :

– Sauf vous. Et cela me plaît.

Ce fut à cet instant précis qu'il tomba amoureux d'elle, bien qu'il lui fallût ensuite plusieurs heures pour s'en rendre compte.

CHAPITRE XV

Una resta jusqu'à onze heures. Après son départ, il remit la pièce en ordre et lava les verres, tout en se disant qu'il était heureux que Cæsar et sa petite amie ne fussent pas venus. Plus heureux encore de l'absence de Rose. Una avait parlé des livres qu'elle avait lus, et il n'avait jamais abordé avec personne le sujet de ses lectures. Il y avait là quelque chose de plus exaltant que le fait même de boire de la vodka et, pendant quelques heures, l'image de Rose avait disparu. Il pouvait à peine croire qu'il l'eût jamais rencontrée.

Avant de se coucher, il se regarda longuement dans le miroir. Il voulait voir quel genre d'homme Una avait devant les yeux. Ses cheveux n'étaient plus cosmétiqués, de sorte qu'ils paraissaient plus naturels, son visage était plus coloré, et son ventre n'avançait plus autant. Il semblait rajeuni et avait vraiment l'air d'avoir trente-huit ans, au lieu d'en paraître près de cinquante. C'était donc cela qu'avait vu Una. Et lui, qu'avait-il vu? Il évoqua le petit visage de la jeune femme, si plein de vie quand elle souriait, ses yeux brillants et ses joues un peu maigres, ses cheveux bouclés retenus par le ruban. Demain, il irait lui proposer de l'emmener déjeuner.

Chose étrange, l'idée de la sortir, de composer un menu et de choisir le vin ne l'effrayait plus du tout. Il se coucha et s'endormit aussitôt.

Il s'éveilla vers trois heures. La vodka lui avait donné affreusement soif. Il se leva et passa dans la cuisine pour boire un grand verre d'eau. Après quoi, il eût été logique de retourner se coucher et de dormir jusqu'au matin. Mais il se sentait bien éveillé, en pleine forme et parfaitement heureux. L'avait-il été jamais? Il se posa la question. Quand il était enfant, oui, ainsi qu'à la naissance de Jillian, car il avait envie d'avoir une fille. Et également, chose étrange, quand il fuyait avec l'argent pris à la banque. Mais, à présent, le sentiment qu'il éprouvait était d'une nature plus exaltante encore. Il aurait voulu crier son bonheur sur les toits ou, en tout cas, le dire à quelqu'un capable de le comprendre. Le dire à Una.

Etre amoureux, c'était donc cela. Il se mit à rire tout fort. Ouvrant le robinet d'eau froide, il se mouilla les mains et s'aspergea le visage. Il retourna se coucher, tira le drap sur lui et se mit à penser à la jeune femme endormie à l'étage supérieur. A moins qu'elle ne fût éveillée, elle aussi, et en train de penser à lui. Pendant une bonne heure, il se remémora leur conversation. Puis il s'imagina vivant avec elle, dans une maison comme celle-ci. Ils seraient heureux et partageraient tout : chaque instant du jour et de la nuit. Et cette fantaisie se prolongea tandis qu'il glissait progressivement dans le sommeil. Puis le rêve se transformait en cauchemar. Il entendait Una pousser un long cri d'effroi. Il se précipitait, gravissait un interminable escalier, traversait une enfilade de pièces avant de la découvrir. Il la trouvait enfin, et elle était morte, brûlée, au milieu d'un tas de billets de banque carbonisés. Il la prenait dans ses bras pour regarder son visage. Et il constatait que ce n'était pas Una qu'il tenait. C'était Joyce.

Le froid du matin transperçait le drap, car le chauffage était éteint, et il s'éveilla en frissonnant, les jambes engourdies. Toute son euphorie de la nuit s'était évanouie. Il n'avait aucune idée de la façon dont il fallait s'y prendre pour faire la cour à une femme. Il allait être aussi difficile de parler d'amour à Una qu'il l'aurait été d'en parler à Rose, et cette idée le terrifiait. L'inviter à déjeuner était impossible; lui faire des avances était impensable. Il était marié, et elle le savait. Pam, plus encore que les romans, l'avait convaincu que si on déclarait son amour à une femme qui n'était pas dans les mêmes dispositions, on recevait immanquablement une gifle. Surtout si on était marié et elle aussi. Il semblait qu'en certaines circonstances, ce fût une insulte que de dire à une femme qu'on l'aimait. Il était d'ailleurs incapable d'imaginer la raison de cet état de choses. Il s'habilla et sortit, en se disant que s'il rencontrait Una dans le hall, il était capable de s'effondrer et de se mettre à pleurer.

Les journaux du dimanche annonçaient que, dans le Derbyshire, on explorait les marmites de géants, à la recherche de son cadavre et de celui de Joyce Culver. D'autre part, une Ford Escort de couleur bleue, vue d'abord aux environs de Douvres, avait été signalée en Turquie; mais ses passagers, parfaitement innocents, étaient en route pour l'Inde. Alan prit une tasse de thé et un sandwich : cela lui souleva le cœur. Pourtant, la journée était fort belle. Il aurait bien flâné dans Kensington Gardens, s'il n'avait craint d'y rencontrer Rose; aussi se contentat-il de prendre le métro jusqu'à Hampstead.

Una avait autrefois vécu à Hampstead. Il ne s'en

souvint que lorsqu'il y arriva. Il se mit à parcourir les rues, se demandant où elle avait pu habiter, si elle était passée chaque jour là où il passait maintenant. Il traversa le bois et se trouva soudain dans Finchley Road. Ce quartier lui était absolument inconnu; mais, ayant consulté son plan de Londres, il constata qu'il n'était pas loin d'Exmoor Gardens, où habitait Paul Browning, dont il avait usurpé l'identité. Quelques minutes de marche l'y amenèrent. Le numéro 15 ressemblait quelque peu à sa propre maison de Fitton's Piece, mais en plus grand, avec un buisson de gynérium dans le jardin de devant.

Paul Browning en personne était occupé à nettoyer sa voiture, dans l'allée qui conduisait au garage. La porte d'entrée était ouverte, et un enfant de sept ans environ entrait et sortait en courant, traînant après lui un petit chien à l'air malheureux. Alan s'assit sur un banc qui se trouvait de l'autre côté de la rue, à l'entrée d'un sentier, et il fit semblant de lire un journal. Le petit garçon poursuivant son manège, Paul Browning poussa une exclamation irritée, laissa tomber son chiffon et se précipita vers la porte.

– Alison! appela-t-il. Ne le laisse donc pas traîner ce chien comme ça!

Ne recevant pas de réponse, il attrapa l'enfant pour lui faire une remontrance; puis il prit le petit chien dans ses bras. Une femme sortit de la maison. Grande et blonde, elle paraissait environ trente-cinq ans. Alan était trop loin pour distinguer les paroles qu'elle prononçait, mais le ton de la voix était protecteur. Elle entourait de son bras l'épaule de son fils et tapotait la tête du petit chien tout en adressant un sourire à son mari. Alan eut l'impression que c'était elle la protectrice, à la fois farouche et tendre, de toute la famille. Il replia son journal, se leva et s'éloigna le long du sentier.

Cette petite scène l'avait attristé. Il aurait dû, lui aussi, connaître cela, mais il n'avait jamais eu rien de semblable. Et maintenant, il était trop tard. Il se sentait même vaguement coupable d'avoir usurpé l'identité de cet homme. Une sorte de vol qui ne rimait à rien et qui était également une calomnie à l'égard de Paul Browning, lequel n'avait évidemment jamais songé à quitter sa femme. Il se demanda si son autre vol – celui des billets de banque – était aussi vain.

Le sentier le conduisit dans les parages de Cricklewood. Le quartier était assez misérable, bien que la rue fût large, bordée d'entrepôts et de magasins, de petites boutiques aussi, dont les étalages exposaient des saris et des étoffes orientales. Devant un pub, appelé *The Rose of Killarney*, un menu écrit à la craie offrait un steak haché accompagné de légumes et d'une salade. Il entra.

La jeune fille qui se tenait derrière le bar avait un visage sans couleur et de larges cernes sous les yeux. Alan commanda avec son repas un verre de bière qu'elle lui servit aussitôt, avant de verser un double whisky à un jeune homme accoudé, lui aussi, au comptoir. Il avait un sac rempli de provisions, coincé entre son tabouret et celui d'Alan. Celui-ci aperçut la main droite de son voisin qui se penchait pour prendre un paquet de cigarettes dans son sac. L'index avait probablement été accidenté, car l'ongle était abîmé et strié comme la coquille d'une noix. Alan reçut un choc, détourna vivement les yeux et les reporta sur le miroir placé sur le mur, derrière le bar. Il y aperçut le visage émacié de son voisin, sa bouche aux lèvres minces, son gros nez. Il aurait eu bien besoin de se raser et de se faire couper les cheveux. Alan avait déjà vu un doigt déformé de la même manière. Mais où? La réponse lui vint immédiatement. C'était à la banque, le jour où un jeune homme barbu était venu pour échanger un billet d'une livre contre des pièces de cinq *pence*. Il se dit qu'il aurait une certitude si le garçon prononçait seulement quelques mots. Mais il avait déjà commandé son whisky avant l'arrivée d'Alan. Celui-ci le regarda ramasser son sac; et, cette fois, le doigt lui parut moins déformé : ce n'était pas le même. Celui qu'il avait vu passer sous la grille du guichet pour prendre les pièces était grotesquement tordu, et l'extrémité un peu semblable à une griffe.

Il éprouva une sorte de soulagement à savoir qu'il ne s'agissait pas du même homme. De sorte qu'il n'avait rien à faire. Mais qu'aurait-il pu faire, au fond? Il était bien la dernière personne à pouvoir aller à la police. Le jeune homme quitta le pub au bout d'un moment, et Alan ne tarda pas à sortir lui-même.

Pendant toute la journée et la suivante, il évita Una et se tint éloigné de Montcalm Gardens. Il erra dans les parcs, visita des musées tout en se demandant s'il ne ferait pas mieux de quitter la capitale pour aller s'installer dans quelque ville de province. Pendant des années, il avait attendu l'amour, et maintenant qu'il l'avait trouvé, il recherchait de nouveau la solitude. Il regagna sa chambre tard dans la soirée, se promettant que, dès qu'il aurait rassemblé son courage, il monterait dire à Una qu'il s'en allait, qu'il retournait auprès de sa femme. Auprès d'Alison.

Soudain, de l'autre côté de la cloison, dans la chambre de Cæsar, il entendit la voix de la jeune femme. Il ne distinguait pas les paroles qu'elle prononçait, mais c'était incontestablement sa voix. Il se dit aussitôt que Cæsar l'avait trompé, qu'il était maintenant au lit avec elle. Il se mit à faire nerveusement les cent pas dans la chambre. Mais on avait dû l'entendre, car on frappait maintenant à sa porte. Il n'avait pas l'intention de répondre et demeura debout devant la fenêtre, les yeux fermés, les mains crispées. On frappa de nouveau. Puis retentit la voix de Cæsar.

– Paul! Ça va?

Cette fois, il ne pouvait se dispenser d'aller ouvrir.

– Annie et moi allons voir un film de Chabrol, annonça Cæsar.

Et il adressa un clin d'œil complice à Alan avant de poursuivre :

– Una vient également. Ça vous dit quelque chose de nous accompagner?

Alan éprouva un immense soulagement.

– D'accord, dit-il.

Il lui fallut trente secondes pour se rendre compte qu'il avait accepté. Il ne pouvait ni regarder Una ni lui parler.

– Je suis heureuse de vous voir, dit la jeune femme. Depuis hier soir, j'ai frappé plus de dix fois à votre porte. Je voulais vous remercier pour la soirée de samedi.

– Je... j'étais sorti, bredouilla-t-il.

– Je vous présente Annie, reprit Cæsar en désignant une jeune femme qui se tenait à côté d'Una.

Alan éprouva une sorte de choc en constatant qu'elle ressemblait un peu à Pam et à Jillian. C'était le même type de femme, bien anglais, avec ses traits réguliers, sa peau veloutée, ses petits yeux bleus. Cæsar expliqua qu'elle était infirmière.

Ils partirent à pied pour le cinéma. Alan cheminait à côté d'Una, précédant Annie et Cæsar.

– On prétend, dit Una, que si deux couples sortent ensemble, il est possible de déterminer à quelle classe sociale ils appartiennent rien qu'en observant leur façon de se comporter. S'ils appartiennent à la classe ouvrière, les deux femmes marchent côte à côte et les deux hommes ensemble; s'ils appartiennent à la bourgeoisie, les femmes restent avec leurs maris respectifs; enfin, s'ils font partie de la haute société, chacun des deux hommes marche à côté de la femme de l'autre.

– Je vous en prie, Una, ne me rangez pas parmi les bourgeois, protesta Cæsar.

– De toute manière, aucun de nous n'est marié à aucun des autres.

La remarque incita Annie à parler de Stewart. Elle avait reçu de quelqu'un une lettre disant qu'il avait été vu à Port of Spain. Una ne parut pas se formaliser, car elle se mit, elle aussi, à parler librement de son mari, de sorte que les deux jeunes femmes poursuivirent leur chemin ensemble jusqu'au cinéma.

En sortant, ils allèrent boire un verre dans un pub. Cæsar aurait souhaité qu'Annie rentrât avec lui pour la nuit, mais elle déclara que Montcalm Gardens était trop éloigné de son hôpital et que, d'ailleurs, elle avait envie de dormir. Suivit une conversation un tantinet légère, à laquelle prirent part Cæsar et les deux jeunes femmes. Alan, quant à lui, n'avait jamais entendu parler d'une manière aussi libre et frivole des choses du sexe, et il se sentait un peu gêné. Il lui était impossible d'imaginer une telle conversation avec Pam et les Heysham. Puis Annie déclara qu'il lui fallait rentrer, et Cæsar la raccompagna.

– Je crois, dit Una quand ils se furent éloignés, qu'Annie a été la maîtresse de Stewart, bien qu'elle se refuse à l'admettre. Je suppose qu'il l'a « larguée », selon l'expression qu'il employait quand il les avait gardées... environ une semaine. Pauvres filles! Je les plaignais, au fond.

Elle s'interrompit et leva les yeux vers son compagnon.

– Laissez-moi vous offrir un verre à mon tour.

Il avait dans l'idée que les femmes ne commandaient jamais à boire dans les pubs et que, si elles se hasardaient à le faire, on ne les servait pas. Aussi fut-il abasourdi qu'on la servît; et même avec le sourire, comme si la chose n'avait rien que de très naturel. Prenant les deux verres au bar, elle les apporta jusqu'à une table. Mais Alan fut incapable de finir son whisky. Dès que le patron annonça la fermeture, il sortit avec sa compagne pour reprendre, par de petites rues, le chemin de Montcalm Gardens.

Una ouvrit la porte d'entrée et actionna l'interrupteur. Ils traversèrent ensemble le hall, embaumé par la senteur des jasmins d'hiver qui se trouvaient dans un grand vase. Alan se souvint brusquement de la cour de la banque, où poussaient les mêmes fleurs, et il se passa la main sur le front.

– J'allais vous proposer un café, dit Una, mais pas si vous êtes fatigué.

Sans répondre autrement que d'un petit signe de tête négatif, il la suivit dans la cuisine et s'assit devant la table. Avec des gestes gracieux, la jeune femme mit le percolateur en route et disposa les tasses, tout en parlant d'Ambrose, de la petite maison de Stewart, à Dartmoor, à présent vide et négligée. Elle versa le café et s'assit en face d'Alan. Secouant sa crinière bouclée, elle fixa son compagnon, attendant visiblement qu'il parlât à son tour.

Cependant, Alan éprouvait en lui quelque chose d'étrange : une sensation qui n'était pas sans ressemblance avec celle qu'il avait éprouvée dans son bureau le dernier jour, lorsque le téléphone s'était mis à sonner, alors qu'il tenait l'argent entre ses mains. Il avait senti que c'était le moment ou jamais d'agir. Il en était de même à cette heure.

– Una!

– Quoi donc?

– Je crois que... qu'il vaut mieux que je m'en aille. Je partirai dès que vous me l'ordonnerez; mais auparavant, il faut que je vous parle. Je suis... tombé amoureux de vous, Una. Je vous aime tant que cela devient insupportable.

Il fit un geste de ses bras au-dessus de la table et renversa sa tasse, dont le contenu coula jusqu'au sol. La jeune femme poussa un petit cri et devint cramoisie. Puis, s'emparant d'un torchon, elle se mit à genoux pour éponger le liquide. Alan se leva et, sans un mot, quitta la cuisine. Il descendit en courant l'escalier conduisant au sous-sol, se précipita dans sa chambre et referma la porte à clé derrière lui.

Possédé par une sorte de rage, il se mit à faire les cent pas. Pourtant, au sein de cette tempête intérieure, il se rendait compte qu'il éprouvait maintenant ce qu'il aurait dû éprouver à dix-huit ans et qui lui avait été refusé à ce moment-là. Il cessa de marcher et tendit l'oreille. Rien. Le silence le plus complet régnait dans la maison. Là-haut, la lumière était toujours allumée dans la cuisine : il observait en tremblant le rectangle lumineux projeté sur la pelouse. Peut-être allait-il avoir aussi se profiler la mince silhouette de la jeune femme. Mais la lumière disparut soudain, et le jardin fut plongé dans l'ombre.

Il imagina Una traversant le hall et s'engageant dans le grand escalier pour gagner sa chambre. Sans doute était-elle furieuse contre lui, à moins qu'elle ne fût heureuse d'être débarrassée de sa présence importune. Il éteignit la lumière et sortit dans l'obscurité, sentant qu'il lui fallait absolument retrouver la jeune femme avant qu'elle ne lui fût devenue tout à fait étrangère et inaccessible.

Il y avait encore de la lumière au rez-de-chaussée. Una n'était donc pas couchée. Il se mit à gravir l'escalier, sans avoir la moindre idée de ce qu'il allait dire, sentant qu'il pouvait fort bien tomber à ses pieds et ne pas prononcer une seule parole. Là-haut, la lumière s'éteignit. Il chercha la rampe à tâtons, mais ce fut la main d'Una qu'il rencontra sur l'interrupteur. Il sursauta. Ils ne pouvaient se voir; mais, instinctivement, ils se rapprochèrent, et il l'entoura de ses bras. Pendant un moment, ils restèrent là, dans l'obscurité, enlacés et silencieux.

Puis ils descendirent jusqu'au sous-sol, agrippés l'un à l'autre. Ce fut elle qui ouvrit la porte de la chambre et l'entraîna. Au même moment, ils entendirent Cæsar qui rentrait et traversait le hall après avoir actionné l'interrupteur. Alan tint la jeune femme pressée contre lui, sans un mot, jusqu'à ce que le silence fut revenu. Le silence et l'obscurité.

CHAPITRE XVI

Il y avait très peu de provisions en réserve, car Marty ne possédait pas de réfrigérateur. Les étagères de la cuisine ne contenaient que quelques boîtes de haricots, de spaghetti et de potage, une demi-douzaine d'œufs, un paquet de bacon, des sachets de thé, du café soluble, du fromage et un pain enveloppé dans du papier transparent. Habituellement, on mangeait du pain et du fromage au repas de midi, et, chaque jour, Marty allait acheter des plats cuisinés pour le dîner du soir. Mais le lundi, à cinq heures, il dormait encore sur le matelas, où il était allongé depuis le début de l'après-midi. Joyce était dans la cuisine, occupée à se laver les cheveux. Nigel s'approcha de son camarade.

— Secoue-toi, bon Dieu! lui dit-il. Il faut aller acheter de quoi bouffer. Et une bouteille de vin aussi. Après quoi, tu tâcheras de jouer la fille de l'air. Vu?

Marty se souleva en se frottant les yeux.

— Je ne me sens pas bien. J'ai un de ces maux de ventre...

— Tu es plein, c'est tout. Hier soir, tu as englouti une bouteille entière de scotch. Tu es alcoolique, et la cirrhose te guette. C'est pire que le cancer. Et on ne peut pas t'opérer, parce que tu n'as qu'un seul foie. Tu sais ça, petite tête?

– Fous-moi la paix, tu veux? Le whisky me donnerait mal à la tête, mais pas au ventre.

Marty poussa un grognement et se laissa retomber sur le matelas.

– Va faire les courses, gémit-il. Moi, je ne peux pas sortir.

– Mais, bon Dieu, tu ne comprends donc pas qu'il faut que tu me laisses seul avec elle?

– Faudra que ça attende à demain. Si je passe une bonne nuit, ensuite je serai en forme.

Marty ne sortit donc pas, et on ne mangea au dîner que du bacon et des spaghetti en boîte, maigre repas que Joyce accepta de préparer. Elle ne pouvait consentir à coucher avec Nigel et refuser de s'occuper du dîner. Marty garda la jeune fille pendant que Nigel descendait prendre un bain, après avoir jeté la lettre de Joyce dans les toilettes. Quand il remonta, Marty tenait toujours son pistolet, et il avait l'air plutôt mieux.

– Tu vois? dit Nigel. Tu ne vas pas si mal que ça lorsque tu ne bois pas.

Cela avait toute l'apparence de la vérité, car Marty, qui ne toucha pas ce soir-là à sa bouteille de whisky, se sentait presque normal le lendemain. De plus, il faisait une belle journée pour aller prendre l'air. Sur les instructions de Nigel, il alla acheter un poulet rôti, de la salade, du pain et du fromage, plus une bouteille de vin qu'il paya quatre livres. Il oublia de rapporter du thé, du café et des conserves, mais cela n'avait pas grande importance, puisqu'ils seraient partis le lendemain et que Nigel et Joyce nageraient en pleine lune de miel.

Pourtant, ni l'un ni l'autre ne semblaient particulièrement amoureux, et Marty se demanda ce qui s'était passé entre eux le samedi précédent. Pas grand-chose, sans doute, mais assez pour que Nigel fût sûr de pouvoir coucher avec elle ce soir. Il espérait, cependant qu'on ne l'obligerait pas à passer toute la nuit dehors, car il souffrait encore de l'estomac et, bien que n'ayant pas bu une goutte d'alcool depuis vingt-quatre heures, il avait la gueule de bois.

Il sortit un peu après six heures. La soirée était claire, et il faisait relativement tiède pour cette époque de l'année. Du moins le supposait-il, car les promeneurs ne portaient pas de manteaux, et il rencontra même deux jeunes filles avec des corsages transparents à manches courtes. Pourtant, lui-même n'avait pas chaud, bien qu'il eût un chandail et une veste. Il frissonnait en attendant le bus qu'il comptait prendre pour se rendre dans le West End.

Nigel entoura de son bras l'épaule de Joyce, tout en se demandant comment se passeraient les choses si elle avait trente-sept ou trente-huit ans et lui était reconnaissante du contraste qu'il formait avec un vieux mari ennuyeux. Ce fantasme lui fut d'un certain secours, de même que le whisky de Marty. Joyce déclara qu'elle en prendrait également, mais avec de l'eau. Ils apportèrent leurs verres dans le séjour.

– Avez-vous posté ma lettre? demanda la jeune fille.

– Marty l'a emportée ce matin.

– Ah! c'est donc ainsi qu'il s'appelle.

Nigel faillit se mordre la langue. Mais, après tout, quelle importance, maintenant?

– Vous feriez aussi bien de m'apprendre votre nom à vous, fit remarquer Joyce.

Il le lui indiqua. Elle le trouva joli et peu commun, mais elle se garda bien de le lui avouer. Elle éprouvait l'obscur sentiment qu'une partie d'elle-même resterait intacte, même après avoir couché avec Nigel, si elle continuait à lui avec une froide indifférence. Le whisky la réchauffa et la calma en même temps. C'était la première fois qu'elle en buvait, car Stephen prétendait que c'était une boisson d'homme et que les femmes devaient accorder leur préférence au gin. Elle se laissa embrasser par Nigel et parvint même à lui rendre son baiser.

– Nous pourrions peut-être manger, dit ensuite Nigel.

Il se disait que le vin l'aiderait à vaincre son inhibition. Il aimait la réserve de Joyce et même son visage lourd et peu attrayant. Dans son idée, cela signifiait qu'elle serait sans doute incapable de se rendre compte s'il s'acquittait bien ou mal de son rôle d'homme.

Il se mit à lui parler de ce qu'il avait fait jusque-là, de son passage à l'université, qu'il avait quittée parce qu'il considérait cette société comme pourrie jusqu'à la moelle. Il était ensuite allé vivre dans une communauté de hippies, avec d'autres jeunes qui avaient le même idéal. On y suivait un régime végétarien, on y fabriquait son propre pain, les filles tissaient des étoffes et faisaient de la poterie. On pratiquait l'amour libre, et il affirma s'être partagé entre une toute jeune fille prénommée Samantha et une plus âgée appelée Sarah.

– Pourquoi, dans ces conditions, avoir cambriolé une banque? demanda Joyce.

Nigel expliqua qu'il s'agissait d'un geste de défi

contre cette société pourrie et qu'il se proposait d'utiliser l'argent pour fonder une communauté Raj Neesh en Ecosse.

– Qu'est-ce que c'est?

– Une merveilleuse religion orientale qui ne comporte aucune règle, aucune contrainte. On peut faire absolument tout ce qu'on veut.

– Ça me paraît parfaitement conforme à vos méthodes, commenta Joyce d'un ton méprisant.

Néanmoins, quand elle se leva pour ôter les assiettes, elle ne repoussa pas la main qui lui pelotait la cuisse. Elle revint ensuite s'asseoir plus près de lui, et ils finirent la bouteille de vin. Nigel alla tirer les rideaux, tandis que la jeune fille achevait de débarrasser la table. Lorsqu'elle revint de la cuisine, il la prit dans ses bras et se mit à l'embrasser passionnément. Il se plaquait contre son corps, et elle sentit que le sacrifice était imminent. Cependant, le whisky et le vin l'empêchaient d'éprouver de la panique ou du désespoir.

Nigel s'en alla aux toilettes, emportant le pistolet avec lui. Joyce s'étendit sur le matelas, se recouvrit du drap, puis se déshabilla entièrement. Son troisième message se trouvait encore dans son soutien-gorge. Elle l'enfonça dans un des bonnets et cacha le tout dans son pull-over qu'elle avait posé sur le plancher. Nigel revint et referma simplement la porte au verrou sans s'occuper de l'autre serrure. Il éteignit la lumière et demeura un instant debout, immobile. La clarté des réverbères pénétrait dans la chambre à travers les rideaux, et on y voyait presque aussi bien qu'en plein jour. Il ôta ses vêtements, puis souleva le drap qui recouvrait la jeune fille.

Elle avait la tête légèrement tournée de côté, et sa joue était à demi recouverte par ses longs cheveux blonds. Il la considéra avec un étonnement sans borne, car il n'aurait jamais pensé qu'une femme réelle, en chair et en os, pût avoir un corps comme celui-là. Un corps somptueux, sans un défaut, avec des seins bien développés, ronds et gonflés, une taille fine et souple, des cuisses longues et fuselées mais pleines et charnues, des bras et des mollets d'un galbe parfait. La lumière des réverbères tombait sur elle, dorant merveilleusement ses rondeurs, tout en laissant dans une demi-pénombre le creux de son intimité.

Elle ressemblait à un de ces splendides modèles qui exposaient complaisamment leurs charmes les plus secrets dans les magazines de Marty, mais elle était encore plus magnifique. Nigel, en effet, n'avait jamais songé que ces modèles pussent être de vraies femmes, mangeant, buvant, dansant. Il les considérait comme la résultante du talent du photographe et des trucages de la prise de vue. Aussi fixait-il le corps de Joyce avec un étonnement émerveillé, une sorte de crainte révérentielle qui le paralysait littéralement, lui ôtant tous ses moyens. Et la fille, les yeux clos, conservait une immobilité absolue. Il fit un pas en avant, ébloui et tremblant, comme un collégien en présence de sa première maîtresse.

– Joyce, murmura-t-il.

Il se sentait froid et vide. Sans ressort. Il essaya de concentrer sa pensée sur divers fantasmes, imaginant que Joyce était son esclave, qu'elle se traînait à ses pieds en mendiant une caresse. Hélas, pour parvenir à en faire son esclave, il devait d'abord être capable de lui prouver qu'il était un homme, un vrai. Au bout d'un moment, il se tourna une fois encore vers elle pour regarder son visage. S'il pouvait ne voir que ce visage en faisant abstraction de ce corps splendide qui le terrifiait, qui le paralysait... Mais il constata que la jeune fille s'était endormie, sans doute sous l'effet de l'alcool.

Il se dit qu'il aurait aimé la tuer sur-le-champ, et il alla jusqu'à lui appuyer sur la nuque le canon de son revolver. Et peut-être aurait-il cédé à sa folie, si l'arme avait été chargée, si la détente n'avait été bloquée. Mais ce jouet n'était pas plus un revolver qu'il n'était, lui, un homme. Ce n'était qu'un ersatz, un faux semblant. Tout comme lui. Il l'emporta dans la cuisine et referma la porte. Il s'assit devant la table, courba la tête et se mit à pleurer. Ce fut la pensée du retour possible de Marty qui lui fit ravaler ses sanglots. Il se leva en étouffant un juron. La réalité était insupportable : ce qu'il voulait, c'était l'oubli. Il porta la bouteille de whisky à ses lèvres et se mit à boire. Une longue rasade. Après quoi, il eut juste le temps de retourner juqu'au matelas, sur lequel il se laissa tomber, aussi loin que possible de Joyce, avant de sombrer dans un sommeil d'ivrogne.

Marty flânait dans Oxford Street. Il dévorait des yeux les vitrines, songeant aux vêtements qu'il se paierait lorsque les circonstances le permettraient. A un certain moment, deux agents le regardèrent – du moins se l'imagina-t-il –, et il jugea plus prudent de prendre Regent Street pour gagner Piccadilly Circus. Au voisinage de Leicester Square, il entra dans deux palais d'attractions, puis se mit à errer à travers Soho. Il avait toujours eu envie d'aller voir ce qui se passait dans un des clubs de strip-tease qui foisonnent dans ce quartier; or, à présent qu'il avait en poche une épaisse liasse de billets, c'était le moment. Mais la douleur qui l'avait assailli la veille se faisait de nouveau sentir. Toutes les deux ou trois minutes, il éprouvait, au creux de l'estomac, des crampes qui lui coupaient la respiration et, lorsque la douleur s'atténuait, il avait dans la bouche le goût amer de la bile. Il ne pouvait s'agir d'une crise d'appendicite, car il avait été opéré à l'âge de douze ans. Ce qu'il éprouvait, c'était certainement des symptômes de réaction à la privation d'alcool. Il aurait dû se restreindre progressivement, au lieu de supprimer sa drogue d'un seul coup. Une chose était évidente : il lui était impossible, dans l'état où il se trouvait de pénétrer dans un club où on s'amuse.

Nigel ne lui avait pas précisé à quelle heure il pouvait rentrer. Mais il semblait que minuit fût une heure raisonnable. Il songea alors qu'il n'avait rien pris depuis le petit déjeuner : pas étonnant que son estomac manifestât son mécontentement. Il serait bien avisé de se payer un gros steak-frites avec deux petits pains. Mais la seule odeur de la viande grillée et des frites lui donna la nausée. Il chancela et se demanda ce qu'il adviendrait si, par hasard, il tombait dans la rue et était ramassé par la police avec tout cet argent dans ses poches. Il se dit qu'il se sentirait plus en sécurité dans le quartier de Cricklewood. Il prit donc le métro jusqu'à Kilburn, puis le bus. Ne se sentant pas le courage de gravir le petit escalier, il resta en bas, s'affala sur une banquette et alluma une cigarette. Le receveur hindou vint le prier de l'éteindre. Marty lui répondit grossièrement qu'il pouvait bien retourner dans sa putain de jungle natale et aller se faire... voir par ses compatriotes. Le chauffeur, un immense Noir, arrêta le véhicule et, aidé du receveur, il fit descendre le voyageur récalcitrant. Le jeune gangster fut donc obligé de continuer son chemin à pied. Mais, à onze heures moins le quart, il était encore trop tôt pour rentrer. Quelle que fût l'origine de ses maux d'estomac, il décida qu'un whisky bien tassé remettrait tout en ordre. C'était toujours ce que prétendait son père; et, en matière de tord-boyaux, il en connaissait un bout, le vieil ivrogne! Fort de cet enseignement paternel, il entra au *Rose of Killarney*. Bridey, la serveuse irlandaise, et le patron étaient derrière le bar.

— Un double scotch, commanda Marty d'une voix mal assurée.

Bridey se pencha vers le patron.

— Ce gars habite à côté de chez moi, souffla-t-elle, et je ne le crois pas très intéressant. Voulez-vous vous en occuper? Quoiqu'il me semble avoir déjà sa dose.

— Vous tracassez pas, Bridey, je vais le servir.

Marty ne parlait jamais à la petite Irlandaise, à moins qu'il ne pût faire autrement, pas plus qu'il n'adressait la parole aux étrangers, aux Juifs et aux hommes de couleur. Il avala son wshisky d'un trait et en demanda un autre.

— Désolé, mon gars, répondit calmement le patron, mais tu en as assez comme ça. T'as pas entendu ce qu'a dit la demoiselle?

— Demoiselle! ricana Marty en se détournant. Une salope d'Irlandaise, oui.

Il se dirigea vers la porte et sortit. Bien qu'il ne fût que onze heures, il décida de rentrer. Arrivé devant l'immeuble où il habitait, il constata que là fenêtre de sa chambre n'était pas éclairée. Mais il se sentit soudain si faible et si mal en point qu'il dut s'asseoir sur une murette. Il appréhendait de monter l'escalier. Il finit par s'y résoudre, cependant. Parvenu devant la porte de son appartement, il essaya de jeter un coup d'œil par le trou de la serrure, mais il ne put rien voir, car la clef était restée à l'intérieur. Peut-être Nigel n'avait-il pas fermé la serrure du bas parce que tout s'était bien passé avec la fille et qu'il n'était plus besoin de l'enfermer. Il enfonça sa clef dans le verrou de sûreté, et la porte s'ouvrit.

En émergeant de l'obscurité du palier, la lumière jaunâtre des réverbères le fit cligner des yeux. Par la force de l'habitude, il referma soigneusement la porte et passa le cordon de la clef autour de son cou. La lumière tombait sur les deux visages endormis. Parfait, il y est arrivé, se dit-il. Demain, nous pourrons partir d'ici. Il s'étendit sur le canapé et tira la couverture sur lui.

Joyce ne s'était pas rendu compte de son retour. Elle se réveilla trois ou quatre heures plus tard avec la migraine et la bouche sèche. Mais elle retrouva instantanément sa lucidité et se rappela quel avait été son but en acceptant de coucher avec Nigel. Elle le considéra avec un mélange d'étonnement, de dégoût et de pitié.

Les deux hommes dormaient. Elle s'habilla sans bruit; puis, s'étendant de nouveau à côté de Nigel, elle glissa la main sous l'oreiller et sentit sous ses doigts le métal du revolver. Elle tira doucement l'arme. Nigel poussa une sorte de grognement, mais ne se réveilla pas. Elle leva le pistolet, le pointa sur le mur de la cuisine et essaya de presser la détente, qui refusa de bouger. C'était donc bien un jouet, qu'elle tenait entre les mains, ainsi qu'elle l'avait soupçonné. Elle se sentit pleine d'espoir. Son plan d'action était désormais tout simple. Elle ne tenterait pas d'arracher la clef de la porte à Marty, car les deux acolytes n'auraient aucun mal à la maîtriser, et elle risquerait de se faire blesser dans l'aventure. Mais, dans le courant de la matinée, au moment où l'un des deux la conduirait aux toilettes, elle se précipiterait dans l'escalier en appelant au secours.

Elle décida de ne pas se déshabiller de nouveau, pour le cas où Nigel se réveillerait. Elle revint et baissa les yeux vers lui. N'était-il pas stupide, se demanda-t-elle, de fabriquer un revolver – fût-ce un jouet – dont la détente ne pouvait bouger? Son petit frère possédait un pistolet de ce genre, mais il tirait des amorces quand on pressait la détente. Elle considéra celui qu'elle tenait entre les mains. Où pouvait-on bien introduire les amorces? Peut-être en manœuvrant ce petit truc, en arrière de la crosse? Elle essaya sans succès de le manœuvrer.

S'étant approchée de la fenêtre de la cuisine pour y voir plus clair, elle découvrit, sur le côté de l'arme, un drôle de petit bouton. Elle le poussa du doigt, et il glissa sans difficulté vers l'avant en découvrant un petit point rouge. Mais elle ne voyait toujours aucun endroit où il fût possible d'introduire les amorces. A quoi bon, d'ailleurs, puisque la détente était fixe? Peut-être était-ce un vrai pistolet hors d'usage. Elle le leva de nouveau en souriant, se disant qu'elle avait été vraiment stupide de se laisser intimider et garder prisonnière par deux énergumènes armés d'un pistolet qui ne fonctionnait pas.

Avec un petit rire, elle braqua l'arme sur Nigel, savourant le plaisir de le menacer, comme il l'avait menacée, lui, si souvent. Et ils prétendaient, ces deux crétins, avoir tué Mr. Groombridge avec ça! Quelle blague! En pressant cette détente qui ne bougeait même pas, hein? Elle fit encore entendre un petit rire de gorge et, souhaitant presque que ces deux imbéciles fussent réveillés pour la voir, elle appuya son index sur la détente du pistolet. Il y eut une détonation assourdissante; le canon de l'arme se releva brusquement, et la balle, passant à deux centimètres de l'oreille de Nigel, alla se loger dans le montant de la fenêtre.

Joyce poussa un cri aigu et lâcha le pistolet.

CHAPITRE XVII

Les deux jeunes gangsters étaient debout avant même que ne se fût éteint l'écho de la détonation. Nigel saisit la fille par une épaule et lui plaqua la main sur la bouche. Comme elle continuait à hurler, il la jeta sur le matelas et lui colla un oreiller sur le visage. Marty, la tête entre les mains, fixait d'un air hagard le trou fait par la balle. La détonation résonnait encore dans son crâne endolori.

– Mon Dieu! gémissait-il. Mon Dieu...

Nigel retira l'oreiller et gifla la jeune fille à deux reprises.

– Garce! cria-t-il. Sale garce!

Joyce sanglotait, le visage dans le drap. Nigel s'enroula dans une couverture et enjamba le matelas pour aller récupérer l'arme, qu'il se mit à examiner d'un air ébahi.

– C'est donc un véritable... pistolet! bredouilla-t-il.

– Naturellement, grommela Marty. Est-ce que tu me crois assez con pour avoir payé soixante-quinze sacs un flingue bidon?

Il s'interrompit brusquement et porta la main à son estomac.

– Je vais... vomir, annonça-t-il en se dirigeant vers la porte.

– Profites-en pour jeter un coup d'œil dans les parages et voir si tout est calme, conseilla Nigel.

Il avait les yeux fixés sur le petit point rouge découvert par le déplacement du cran de sûreté. Lentement, il le repoussa : la détente était à nouveau bloquée. Il regarda Joyce, puis le montant de la fenêtre et poussa un soupir.

Marty se sentit si faible qu'il dut s'asseoir un moment sur le siège des toilettes. Enfin, il se releva et sortit. D'une démarche incertaine, il descendit lentement l'escalier, l'oreille tendue. Mais toute la maison semblait endormie et on n'apercevait de la lumière que sous la porte de la rouquine. Il remonta péniblement jusqu'à son appartement. Il traversa le séjour pour aller à la cuisine, où il but, au goulot, une rasade de whisky. Il eut l'impression que cela lui apportait un soulagement momentané. Nigel lui ordonna de faire du café. Il se retourna, l'air hargneux.

– Tu me prends pour ton larbin, non? Eh bien, je vais te dire une bonne chose, mon gars : tu commences à m'emmerder avec tes exigences. J'suis pas une gonzesse, moi. T'as qu'à faire préparer le jus par cette femelle, qui est en train de chialer.

– Je ne veux pas la perdre de vue.

De sorte que personne ne fit du café. Personne, non plus, ne se rendormit jusqu'à l'aube. A un certain moment, on entendit la sirène d'une voiture de police; mais elle était loin : sans doute sur le périphérique nord.

Bridey descendait l'escalier pour se rendre à son travail lorsque la rouquine apparut sur le seuil de sa porte.

– Avez-vous entendu ce drôle de boum, cette nuit? demanda-t-elle.

– Quel boum?

– Ma foi, je ne sais pas. Mais il se passait sûrement quelque chose là-haut. Il était à peu près trois heures et demie. Je me suis réveillée en sursaut, et j'ai dit à mon homme : « J'ai cru entendre un coup de feu. » Puis quelqu'un est descendu doucement pour remonter aussitôt.

Bridey, elle aussi, avait entendu la détonation. Et même un cri de femme. Elle avait d'abord songé à faire quelque chose, pour se venger de ce porc de Marty, grossier et mal embouché. Seulement, il aurait fallu, pour cela, appeler la police. Or, personne, au cours de l'histoire troublée de sa famille, n'avait jamais agi de la sorte.

– Vous rêviez, affirma-t-elle.

– C'est bien ce que m'a dit mon homme : « Tu rêvais. » Mais j'en suis pas du tout sûre, moi. Et j'ai répondu : « Tu crois pas qu'on devrait téléphoner à la police? » – « Pas question, qu'il m'a dit. Tu rêvais. » Mais, moi, je sais pas trop. Vous ne pensez pas, vous, qu'on devrait prévenir les flics?

– Ne faites jamais ça, ma chère! déclara Bridey d'un ton ferme. Vous n'en retireriez que des ennuis.

Nigel songeait qu'ils ne pourraient plus jamais sortir de cette maison. Ils étaient là pour des semaines, peut-être même des mois. Jusqu'au moment où tout l'argent aurait été dépensé. Mais, au fond, cette éventualité ne lui déplaisait pas tellement. Il avait ce merveilleux pistolet, qu'il tournait et retournait entre ses mains, le caressant doucement, comme si c'eût été un petit animal familier. Certes, il appartenait à Marty, mais il était bien décidé à ne pas le lui rendre. Il l'en menacerait plutôt, et même le tuerait si c'était nécessaire. Au cours de cette nuit, quelque chose s'était brisé en lui : l'équilibre déjà précaire de son cerveau.

Oui, on pourrait rester là. On achèterait un réfrigérateur et un téléviseur. Joyce ferait désormais sans rechigner tout ce qu'il exigerait d'elle, et il aurait deux esclaves à sa disposition : une pour les courses, l'autre pour la cuisine. Car Marty, tout comme cette crétine de fille, avait été visiblement secoué par les événements de la nuit. Au contraire, lui, Nigel, n'avait été nullement impressionné : il était en pleine forme. Il se sentait le roi du monde.

– Il nous faut du pain, du thé et du café, dit-il à Marty. Et aussi un bidon de pétrole pour le poêle.

– Demain, répondit l'autre. Je me sens pas très bien.

– Si je buvais autant que toi, je ne me sentirais pas bien, moi non plus. Et pendant que tu seras dehors, tu en profiteras pour acheter un grand frigo et une télé en couleur.

– Quoi? Mais tu es dingue, ma parole!

– Ah! prends garde de ne pas me traiter de dingue, petite tête! C'est bien compris? J'ai décidé que nous allions rester ici. Une fois que nous aurons un frigo, tu ne feras plus les courses qu'une fois par semaine. Il ne me plaît pas que tu ailles traîner chaque jour dans les mêmes boutiques et parler à tort et à travers. Parce que je te connais. Nous resterons donc tranquillement ici à regarder la télé. Et tu n'iras pas dépenser notre fric en conneries.

J'ai calculé qu'en faisant attention, nous avions assez d'argent pour deux ans.

– Oh, non! gémit Joyce. Non.

Nigel se tourna vers elle.

– Toi, personne ne te demande rien. Et, si tu pousses le moindre cri, tu es morte. On pourrait faire éclater une bombe, dans cette turne, que personne n'entendrait rien. Tu en as eu la preuve, hein? Alors, tu as intérêt à filer droit.

Le jeudi matin, Marty dut faire un gros effort pour aller jusqu'au magasin le plus proche. Il acheta un gros pain blanc, du fromage et deux boîtes de haricots, mais il oublia le thé et le café. Il n'avait pas pris le bidon de pétrole, car il se sentait incapable de le porter. D'ailleurs, la nourriture elle-même ne l'intéressait pas, car son estomac ne gardait plus rien. Avant de partir, il avait essayé d'avaler un peu de whisky, mais l'alcool avait déclenché de nouveaux vomissements. En revenant des toilettes, il avait annoné à Nigel :

– J'ai pissé du sang.

– Et alors? C'est simplement un peu de cystite. Tu t'es irrité la vessie avec ton whisky.

– J'ai peur. Tu ne peux pas savoir ce que je ressens. Je pourrais mourir. Regarde la gueule que je me paie : les joues creuses, les yeux jaunes...

Nigel ne répondit pas. Il était occupé à confectionner un étui à revolver à l'aide d'un jean en skaï appartenant à Marty, et il cousait les morceaux avec la laine marron de Joyce. La jeune fille avait renoncé à tricoter, et elle était assise sur le canapé, les yeux perdus dans le vide. Nigel continuait de se livrer au calcul mental pour essayer de déterminer combien de temps on pourrait durer avec l'argent qui restait. Et quand il n'y en aurait plus, il ferait prendre à Marty un travail qui pourrait les faire vivre tous les trois.

Le lendemain, il ne restait plus ni pétrole, ni thé, ni lait. Seulement un demi-fromage, deux boîtes de potage et une de haricots, trois œufs, du pain et un peu de café. La température extérieure s'était rafraîchie, et il faisait froid dans l'appartement. Nigel alluma le four et tous les brûleurs de la cuisinière; furieux parce que cela augmenterait la note de gaz et fausserait tous ses calculs. Il se rendait compte que l'état de Marty ne s'améliorait pas, et il eut un instant l'idée d'aller faire les courses lui-même en laissant le pistolet à son camarade. Il était sûr que Joyce ne tenterait rien, car les événements de la nuit l'avaient rendue complètement amorphe. Elle était toute tremblante et se mettait à pleurer toutes les fois qu'il lui adressait la parole. Il lui demanda de préparer des haricots pour le dîner, et elle obéit sans élever la moindre protestation. Ce qui empêcha Nigel de sortir, ce n'était donc pas la crainte que Joyce pût tenter de s'enfuir, mais simplement l'idée de se dessaisir du précieux pistolet, ne fût-ce que pendant un quart d'heure.

Durant la soirée, tandis qu'il se demandait quel genre de réfrigérateur il allait faire livrer et quelle marque de téléviseur il choisirait, Joyce s'approcha timidement de lui.

– Nigel, commença-t-elle d'une voix tremblante, vous avez dit que vous pourriez demeurer ici des années. Je vous en supplie, ne m'obligez pas à rester. Si vous me laissez partir, je ne dirai rien. Je prétendrai avoir perdu la mémoire, avoir perdu la voix... On ne pourra pas m'obliger à parler. Je vous en prie, Nigel. Je ferai tout ce que vous voudrez, mais ne me retenez pas ici!

Il avait gagné. Son rêve de la courber à sa volonté s'était réalisé. Il sourit, haussa les sourcils et secoua la tête sans rien dire. Lentement, il tira le pistolet de son étui et le braqua sur elle tout en faisant glisser le cran de sûreté. Il se réjouit intérieurement de la voir se prendre le visage à deux mains et se mettre à pleurer. Il éclata de rire, puis éteignit la lumière et alla s'étendre sur le matelas, à côté de Marty.

— Tu pues autant qu'un plat chinois, lui dit-il. Bon Dieu! C'est dégueulasse.

Joyce ne pouvait pas dormir. Etendue sur le canapé, les yeux grands ouverts, elle fixait le plafond. Elle n'avait encore jamais vu de fous dans sa vie, mais son intuition lui disait que Nigel avait perdu la raison. Tôt ou tard, il la tuerait. Elle ne reverrait ni ses parents, ni ses frères, ni son fiancé. Elle se mit à sangloter, et Nigel lui cria de se taire. Elle enfouit sa tête dans l'oreiller et, au bout d'un long moment, finit par s'endormir.

Ce fut la voix angoissée de Marty qui la réveilla.

— Nigel, que m'arrive-t-il? Je suis allé au cabinet et j'ai dû revenir presque à quatre pattes : je ne tiens plus sur mes jambes. J'ai le ventre en feu et les yeux tout jaunes. Le corps aussi. Il faut que j'aille voir un docteur.

Cette dernière remarque acheva de réveiller Nigel, qui sortit du lit, le revolver à la main, et se mit à secouer Marty par l'épaule.

— Est-ce que tu as perdu l'esprit?

Marty faisait entendre de petits gémissements, comme un chien battu. La sueur dégoulinait de son visage, et il tremblait de tous ses membres.

— Je suis obligé, bredouilla-t-il. Il faut que je fasse quelque chose.

Malgré les yeux durs et mauvais de son camarade, il insista :

— Tu ne voudrais tout de même pas me laisser mourir, Nigel, dis? Tu ne voudrais pas me laisser crever comme un chien?

CHAPITRE XVIII

Il entendait Una qui parlait à Cæsar devant la porte de la chambre. Il regarda sa montre : sept heures et demie. La jeune femme avait dû se rendre à la salle de bain. Mais que pouvait-elle avoir sur elle? Elle s'était sans doute drapée dans la courverture qui manquait au lit. Qu'allait donc penser Cæsar? La porte s'ouvrit, et elle apparut, souriante. Laissant glisser la couverture sur le sol, elle se précipita, entièrement nue, dans ses bras.

– Qu'est-ce que t'a dit Cæsar? demanda Alan.

– Il m'a dit : « Bonne chance, chérie! » répondit Una en faisant entendre un petit rire.

– Je t'aime, murmura Alan. Tu es la seule femme – hormis la mienne – que j'aie possédée.

– Je ne puis le croire.

– Pourquoi le dirais-je si ce n'était la vérité? Il n'y a pas de quoi en être tellement fier.

– Mais enfin, Paul, c'est absolument stupéfiant!

Elle se rapprocha un peu plus de lui.

– En tout cas, minauda-t-elle, si ce que tu viens de me dire est vrai, ne crois-tu pas que tu as besoin d'un peu plus de pratique? Et pourquoi pas... tout de suite?

Cette semaine fut la plus belle qu'il eût jamais connue. Il amena Una au restaurant, au théâtre; ils louèrent une voiture – au nom de Mrs. Engstrand, car « Paul Browning » avait laissé son permis de conduire chez lui –; ils parcourent le Hertfordshire, regardant les maisons, comme le font les amoureux, et se demandant laquelle serait la plus confortable pour y passer le reste de leur vie. Il savait déjà qu'il souhaitait vivre avec elle. L'idée d'une séparation – même brève – lui était intolérable, et il s'en voulait d'avoir dit à Cæsar qu'Una ne l'attirait pas tellement. Pourtant, il se réjouissait, à présent, qu'elle ne se maquillât pas et qu'elle s'habillât mal; car tous ces « trucages » n'auraient fait que masquer sa véritable personnalité.

Ce soir-là, quand ils furent rentrés dans la chambre du sous-sol, elle lui posa pour la première fois des questions sur sa femme.

– Comment s'appelle-t-elle?

– Alison, répondit-il.

Il ne pouvait répondre autre chose, puisqu'il était Paul Browning.

– C'est joli. As-tu des enfants?

Il songea à la petite Lucy, dont le nom n'avait jamais été prononcé entre eux. Combien d'enfants Paul Browning avait-il? Dans ce cas particulier, il n'y avait aucun inconvénient à dire la vérité.

– Deux, répondit-il. Un garçon et une fille. Mais ils sont déjà grands, car je me suis marié très jeune. Et je me rends compte, à présent, que je n'ai été ni un très bon père ni un très bon mari. Je ne leur manquerai donc pas beaucoup.

– Tu m'as dit que tu souhaitais rester auprès de moi. Est-ce vrai?

– C'est vrai. Je le souhaite plus que tout au

monde. Il me serait désormais impossible d'envisager la vie sans toi.

– Parleras-tu de moi à Alison?

– Je ne crois pas. Quelle importance?

– Je pense que c'est important, si tu désires sérieusement refaire ta vie.

Il la prit dans ses bras pour lui déclarer que l'amour qu'il éprouvait pour elle était la chose la plus importante qui fût au monde. Alison n'était plus rien pour lui, et ce, depuis des années. Naturellement, il subviendrait à ses besoins, il lui verserait une pension, mais il ne pouvait être question de la revoir. Il accumula les mensonges, et Una le crut, souriante et heureuse. Il se serait d'ailleurs senti, lui aussi, parfaitement heureux, n'eût été le souvenir de Joyce, plus vivant encore depuis qu'il avait vu, au pub, ce jeune homme à l'index mutilé.

– Est-ce que ta fille s'appelle Joyce? lui demanda Una.

– Non. Pourquoi?

– Parce que tu n'as cessé de répéter ce nom toute la nuit. Tu disais : « Joyce, tout va bien; je suis là... »

– J'ai connu, autrefois, une jeune fille qui portait ce prénom.

– On aurait pu croire que tu parlais à une enfant effrayée...

Le vendredi matin, fermant sa porte à clé, il sortit l'argent du secrétaire et se mit à le compter. Il lui sembla incroyable qu'il eût, en si peu de temps, dépensé plus de deux cents livres. Et cela lui fit mieux sentir que trois mille livres ne constituaient, en réalité, qu'une somme assez minime. Or, il connaissait maintenant Una, il l'aimait, et il voulait passer sa vie auprès d'elle. Il lui faudrait donc trouver un travail qui n'exigeât ni qualification, ni certificats de travail, ni carte de Sécurité sociale. Il songea à emmener Una loin de Londres et à chercher un emploi de jardinier, de paysagiste ou même simplement de laveur de carreaux.

La poignée de la porte tourna.

– Paul?

Il fourra vivement l'argent dans un tiroir et alla ouvrir.

– Tu t'étais enfermé? demanda Una d'un air surpris.

Tout en cherchant dans sa tête une explication à cette porte fermée à clé, il se rendait compte qu'il y avait autre chose qui eût exigé une explication. Mais Una enchaîna, sans attendre la réponse à sa question.

– J'ai reçu une lettre d'Ambrose. Il arrive samedi prochain. Seulement... je ne tiens pas à être ici à ce moment-là.

– Pourquoi?

– Je ne sais pas trop. J'ai peur que... qu'il ne gâte tout ça.

Elle fit, du bras, un geste qui englobait la chambre, son amant et elle-même.

– Tu ne le connais pas, continua-t-elle. Tu ne peux savoir comment il questionne, fouille, s'empare des choses belles et... fragiles, pour les faire paraître vaines et insignifiantes.

– Il n'y a rien de fragile, Una, dans les sentiments que j'éprouve pour toi.

La jeune femme fronça légèrement les sourcils.

– Paul, qu'y a-t-il dans ce tiroir, et que faisais-tu qui puisse t'obliger à t'enfermer à clé? demanda-t-elle.

– Mon Dieu, rien. La force de l'habitude...

– J'ai pensé que tu pourrais avoir là des souvenirs de ta femme : des lettres, des photos, je ne sais pas... Paul, tu vas retourner vers elle!

– Il n'en est pas question. Pourquoi dis-tu ça?

– Parce que tu ne la vois jamais; tu n'entres jamais en contact avec elle.

– J'avoue ne pas très bien comprendre ce genre de logique.

– C'est pourtant simple. Tu lui téléphonerais, tu lui écrirais, tu irais la voir, si tu ne craignais pas, après cela, de retourner vers elle. Pour Stewart et moi, le cas est différent. Je ne l'ai pas revu depuis des mois, mais il reviendra : il revient toujours. Et nous parlerons de choses et d'autres sans y attacher d'importance, parce que nous n'éprouvons l'un pour l'autre que de l'indifférence. Il en va autrement entre toi et ta femme, puisque tu n'oses ni la voir ni même entendre sa voix.

– Souhaiterais-tu vraiment que je la voie?

– Certes. Comment puis-je me sentir importante à tes yeux, si tu ne veux rien me dire d'elle? Si tu allais la voir, je serais folle d'inquiétude, car je craindrais que tu ne reviennes pas. Mais si tu revenais, alors, je saurais où nous en sommes.

Il la pressa contre lui et l'embrassa. Tout cela n'était, à son point de vue, que des sottises, des chimères qui ne reposaient sur rien. Un instant, sa pensée s'envola vers Alison Browning, son mari, son petit garçon, son petit chien, sa belle maison.

– Je lui écrirai dès aujourd'hui, dit-il. Es-tu contente? Ensuite, nous irons de nouveau louer une voiture pour nous rendre à Windsor.

Elle sourit et le laissa seul pour qu'il pût écrire sa lettre. Cette fois, il ne ferma pas la porte à clef. Il n'y avait rien à lui cacher, car il rédigeait réellement une lettre qui commençait par « Ma chère Alison ».

Et il ressentit un étrange plaisir à écrire le nom d'Una, à la décrire, à expliquer qu'il l'aimait et qu'elle l'aimait. Il adressa même l'enveloppe à Mrs. Alison Browning, 15, Exmoor Gardens, pour le cas où Una l'apercevrait au moment où il traverserait le hall pour aller la poster.

Lorsqu'il fut à une certaine distance de la maison, il déchira sa missive en menus morceaux qu'il laissa tomber dans une corbeille. En revenant sur ses pas, il se souvint que c'était à quelques centaines de mètres de la maison des Browning qu'il avait vu, dans un pub, ce jeune homme au doigt mutilé. Mais sans doute n'était-ce pas celui qui était venu à sa banque changer un billet d'une livre. Pour s'en assurer, il aurait dû essayer de lui faire prononcer quelques mots : lui demander, par exemple, où se trouvait l'arrêt de bus le plus proche. Il aurait ainsi constaté s'il avait ou non l'accent du Suffolk. Seulement, qu'aurait-il pu faire ensuite? Passer un coup de téléphone anonyme à la police? Pourquoi diable n'avait-il pas fait parler ce garçon?

Et tout en poursuivant lentement sa route vers Montcalm Gardens, il se posait une autre question. Angoissante, celle-là. N'avait-il gardé le silence que parce qu'il ne voulait pas savoir? Parce que toutes ces idées de rachat et de justification n'étaient que sottises? Il ne voulait pas savoir parce qu'il ne voulait pas que Joyce fût retrouvée. Parce que, si elle était encore en vie, elle irait immédiatement déclarer à la police que lui, Alan, n'était pas à la banque au moment du hold-up, qu'il n'avait nullement été enlevé. A partir de là, on se lancerait à sa recherche, et on finirait par lui mettre la main dessus. Alors, c'en serait fini de sa liberté et de son bonheur avec Una.

CHAPITRE XIX

– Tu n'as même pas de docteur! dit Nigel.

Il se trompait, car Marty avait eu besoin d'un médecin, au moment où il travaillait, ne fût-ce que pour signer des certificats de complaisance concernant une gastrite imaginaire ou une dépression nerveuse qui ne l'était pas moins.

– Bien sûr que si! répliqua-t-il en portant les mains à son estomac. Et il faut que j'aille le voir pour qu'il me donne des antibiotiques ou quelque chose dans ce genre.

Nigel se drapa dans une couverture et alla allumer le four de la cuisinière. Il leva les yeux vers les étagères, mais il ne lui fallut pas longtemps pour faire le tour des provisions : cinq ou six tranches de pain rassis, deux boîtes de potage, trois œufs, quatre bouteilles de whisky et quatre paquets de cigarettes. Il s'assit devant le four ouvert pour se réchauffer. Il ne voulait absolument pas que Marty entrât en contact avec aucune forme d'autorité officielle, et il considérait que le médecin appartenait à cette catégorie. Il était d'ailleurs convaincu que son camarade ne souffrait de rien de grave. Ce n'était qu'un cul-terreux bête et ignorant, qui se sentirait mieux dès qu'on lui aurait mis un tube de comprimés entre les mains. De l'aspirine ferait parfaitement l'affaire, pourvu qu'elle fût contenue dans un tube étiqueté « Tétracycline ».

Un gémissement en provenance du matelas le rappela dans le séjour. Joyce, assise sur le canapé, regardait Marty d'un air soucieux.

– Une autre journée sans alcool, dit Nigel, et ça ira mieux. Dans le cas contraire, tu iras voir le médecin.

Il n'y eut au repas qu'une boîte de potage, les trois œufs, un bout de fromage et les quelques tranches de pain rassis. Marty ne mangea rien; Nigel au contraire, se sentait une faim de loup. Il se dit que le seul avantage d'envoyer Marty chez le médecin, c'était qu'il pourrait, au retour, ramener des provisions.

Le lendemain matin, il réveilla Marty à huit heures.

– Allons, habille-toi, lui dit-il. Et va aussi te laver, si tu ne veux pas asphyxier ton toubib.

Marty poussa un gémissement et se retourna.

– Je crois que je n'aurai pas la force de sortir, murmura-t-il. Je vais rester couché, et ça ira mieux dans un jour ou deux.

– Ecoute, nous avons décidé hier que si ça n'allait pas mieux aujourd'hui, tu irais consulter ton médecin, dit Nigel. Et, en revenant, tu feras les courses.

Marty se leva, se traîna dans la cuisine pour se passer un peu d'eau sur les mains et le visage. Il avait l'impression que les murs de la pièce étaient agités de lentes ondulations. Il avala une gorgée de whisky pour essayer de se remonter, puis s'habilla.

Quand il ouvrit la porte de la rue, il fut saisi par une brume glacée. La maison du docteur Miskin ne se trouvait qu'à quelques centaines de mètres, et pourtant, il eut l'impression d'avoir à parcourir plusieurs kilomètres. Il avançait en chancelant, s'appuyant aux murs, s'agrippant aux reverbères, et il fut finalement obligé de s'arrêter pour s'asseoir sur les marches de pierres d'une chapelle. C'est là que le trouva un policeman en train de faire sa ronde. Marty se sentait tellement mal qu'il ne se souciait même plus d'être interpellé par un flic. Celui-ci constata aussitôt qu'il n'était pas ivre, mais seulement malade.

– Vous n'êtes pas en état de sortir par un temps pareil, remarqua-t-il.

– Je me rendais chez le médecin.

– C'est bon. Je vais vous conduire...

Nigel se doutait que Marty ne pourrait pas revenir tout de suite, car il n'avait pas de rendez-vous. Il ne serait sûrement pas de retour avant midi. Aussi ne s'inquiétait-il pas, bien qu'il fût affamé et Joyce également. A une heure, ils partagèrent une boîte de potage, qu'ils mangèrent froid, car il était ainsi plus épais et donnait l'impression de mieux remplir l'estomac. Il ne restait plus aucune provision. Nigel se dit que Marty avait sans doute été assez idiot pour se rendre à une pharmacie qui fermait à l'heure du déjeuner, et il serait obligé d'attendre la réouverture, à deux heures.

– Et s'il ne revenait pas? dit Joyce.

– Il te manque? ricana Nigel. Je ne l'aurais jamais cru.

La brume s'était levée, la journée était claire, et il faisait moins froid dans l'appartement. Quand le réfrigérateur et le téléviseur seraient là... Nigel se voyait déjà vautré sur le canapé, un verre à la main, en train de regarder un film en couleur, tandis que Joyce lui laverait les vêtements, lui cirerait les chaussures ou lui ferait griller un steak.

Deux heures et demie. Ce crétin allait maintenant arriver d'une minute à l'autre. Debout devant la fenêtre, Nigel faisait semblant de se chauffer aux faibles rayons du soleil qui traversaient les vitres. En réalité, il observait la rue, espérant à tout instant voir apparaître Marty.

— Ce n'est pas en regardant la rue que vous le ferez venir plus vite, fit observer Joyce qui, pour tromper l'attente, s'était remise à tricoter.

— Je ne regarde pas.

— Ça fait maintenant sept heures qu'il est parti.

— Et alors? lui cria Nigel. Ça te regarde? Il a des choses à faire, non?

Tous deux sursautèrent à la sonnerie du téléphone.

— Tu descends avec moi, dit Nigel en pointant le pistolet sur sa compagne.

Mais ils étaient à peine sur le palier que la sonnerie cessa, bien que personne ne fût venu décrocher l'appareil. En bas, c'était le silence le plus complet. Nigel repoussa la jeune fille à l'intérieur de l'appartement. A trois heures et demie, Marty n'était pas encore de retour.

— J'ai faim, dit Joyce.

— La ferme!

Une autre heure s'écoula. Puis une autre. Nigel se dit que si les flics avaient ramassé Marty, ils seraient déjà là. Mais alors, que pouvait bien foutre cet abruti? Les aiguilles glissèrent des mains de Joyce, et elle s'endormit. Nigel était toujours à la fenêtre. Il était cinq heures et demie, et le soleil descendait dans le ciel au milieu d'une brume orangée. Nigel se mit à arpenter nerveusement la pièce. Joyce dormant toujours, il en profita pour se rendre aux toilettes.

Au même instant le téléphone sonna. Laissant la porte grande ouverte, il descendit quatre à quatre jusqu'à la cabine et souleva le récepteur. La voix de Marty retentit à l'autre bout du fil.

– Que diable se passe-t-il? demanda vivement Nigel.

– J'ai déjà appelé une fois, mais personne ne m'a répondu. Je suis... à l'hôpital, Nigel.

– Nom de Dieu!

– Ecoute, je suis vraiment malade. J'ai une hépa... quelque chose. Enfin, c'est mon foie qui ne va pas. Je suis jaune de partout.

– Une hépatite.

– C'est ça : une hépatite. J'ai tourné de l'œil dans le cabinet du docteur, et on m'a transporté ici. Dieu sait comment j'ai attrapé ça. On m'a demandé de faire apporter mes affaires de toilette : un rasoir, une brosse à dents et je sais plus quoi encore...

– Pas question. Tu vas me faire le plaisir de te barrer tout de suite de ce putain d'hôpital et de rappliquer ici dare-dare.

– Tu rigoles, non? Je ne peux pas me tenir debout, et on m'a dit que j'étais là au moins pour une semaine. Faut que tu m'apportes...

– Ferme-la un peu, tu veux? Tu vas t'habiller immédiatement, sauter dans un taxi et rentrer ici en vitesse. Tu ne comprends donc pas, petite tête, que nous n'avons rien à bouffer et que...

Pip, pip, pip.

– Ça va couper, Nigel, et je n'ai plus de pièces.

– Habille-toi, beugla Nigel dans le téléphone et rapplique immédiatement. Si tu ne fais pas ce que je te dis, je te coincerai, Marty, et je te flinguerai. Tu entends? Je te...

Le silence se fit sur la ligne. Nigel raccrocha et remonta lentement à l'appartement. Joyce se réveilla.

– Qu'est-ce qui se passe? demanda-t-elle.

– Marty a été retenu, mais il sera ici dans une heure.

Certes, Marty faisait toujours ce qu'on lui demandait; mais c'était quand on l'avait sous la main. En serait-il de même alors qu'il se trouvait à l'hôpital, à plusieurs kilomètres de distance? Et Nigel songea soudain qu'il ne savait même pas de quel hôpital il s'agissait. Joyce se leva et passa à la cuisine pour se rafraîchir le visage et boire un verre d'eau.

– Que lui est-il arrivé? demanda-t-elle quand elle reparut. Il ne reviendra pas, hein?

– Il reviendra.

Une heure s'écoula. Interminable.

– Il était mal en point quand il est parti chez le docteur, fit remarquer la jeune fille. Je gage qu'il est à l'hôpital.

– Je te dis qu'il va rentrer. Tu n'as pas compris, non?

Mais à dix heures, Nigel dut se rendre à l'évidence : Marty ne rentrerait pas. Joyce le fixait avec des yeux remplis de panique. Ils étaient maintenant seuls tous les deux, prisonniers l'un de l'autre. Il n'avait jamais vu la jeune fille aussi effrayée, et il se sentait aussi effrayé qu'elle. Il n'avait plus envie de l'avoir comme esclave. Il avait seulement envie de la tuer. Mais il entendit la rouquine qui téléphonait; puis ce fut Bridey qui rentra de son travail. Il ne pouvait que tourner et retourner le pistolet entre ses mains.

Le dimanche s'écoula lentement. Nigel avait pensé que Marty téléphonerait de nouveau dans la matinée, ne fût-ce que pour lui réclamer son rasoir et sa brosse à dents. Il lui aurait alors demandé dans quel hôpital il se trouvait. Il ne pouvait supposer que Marty fût capable de le braver de cette façon. Mais le milieu de l'après-midi arriva sans qu'il eût appelé. Nigel éprouvait maintenant de terribles crampes d'estomac. Il se versa un verre d'eau chaude additionné de whisky, mais ce breuvage lui donna le vertige, et il n'osa pas recommencer l'expérience. Braquant son revolver sur Joyce, il la força à avaler du whisky pur, avec l'espoir de lui faire perdre conscience. Mais elle eut un haut-le-cœur et se mit à vomir. Puis elle se laissa tomber sur le matelas en pleurant. Nigel avait songé à la bâillonner et à la ligoter soigneusement, afin de pouvoir sortir pour acheter des provisions. Mais, pour ce faire, il lui aurait d'abord fallu poser son pistolet. Vers la fin de l'après-midi, il tenta sa chance. Il saisit la jeune fille par derrière en lui plaquant une main sur la bouche. Mais elle se débattit, lui donna des coups de pied, le mordit et parvint à se dégager pour aller se réfugier derrière le canapé. Il poussa un juron. Cette garce était presque aussi grande que lui et probablement aussi lourde. Il se sentait incapable d'en venir à bout sans l'aide de Marty.

Bridey sortit, ainsi que le vieux Green. Nigel avait bien songé à dire qu'il était malade et à demander à l'un ou à l'autre de lui ramener quelques provisions. Mais pour cela, il aurait fallu laisser Joyce toute seule pendant un moment. C'était impossible. Certes, il aurait pu l'assommer. Mais s'il frappait trop fort, il se retrouverait avec une blessée sur les bras, et s'il ne tapait pas assez fort, elle reprendrait connaissance avant son retour. Elle pourrait alors briser une fenêtre et appeler au secours.

Le lundi matin, Nigel comprit que Marty ne téléphonerait pas et qu'il ne reviendrait pas. A sa sortie d'hôpital, il irait probablement se cacher chez sa mère, en laissant tomber ses deux compagnons, et même l'argent.

– Qu'avez-vous l'intention de faire pour nous procurer à manger? demanda Joyce.

– Ecoute, répondit-il d'un air humble, je veux bien descendre chercher des provisions, si tu me promets de ne pas crier et de ne pas tenter de t'enfuir.

Elle le considéra d'un air glacial.

– Cinq minutes, reprit-il. En cinq minutes, je peux aller au premier magasin et revenir.

– Non, dit Joyce.

– Nom de Dieu! hurla Nigel. Pourquoi ne meurs-tu pas de faim? Tu ne pourrais pas crever, non?

CHAPITRE XX

—Alan se trouvait par hasard dans le hall quand le téléphone sonna. Una était dans la cuisine, occupée à préparer le déjeuner. Il décrocha l'appareil et entendit une voix d'homme qui demandait la Lloyds Bank. Il répondit qu'il s'agissait d'un faux numéro.

– Qui était-ce? demanda Una quand il revint dans la cuisine.

– Alison. Elle... veut me voir.

C'était le seul prétexte qui lui fût venu à l'esprit pour sortir sans Una.

– Elle· a été... correcte, ajouta-t-il. Et j'ai promis d'aller la voir cet après-midi.

– Je m'en réjouis, Paul, répondit la jeune femme avec un sourire. Je me sens ainsi plus... réelle. Mais sois généreux.· Je la plains, tu sais. Parce que, si j'étais à sa place, je ne pourrais supporter l'idée de te perdre.

– Tu ne me perdras jamais, chérie.

Au cours de la nuit précédente, il avait fait un affreux cauchemar dans lequel le jeune homme à l'index mutilé jouait le rôle principal. Au réveil, il avait décidé de se mettre à sa recherche pour savoir s'il s'agissait bien de celui qui, un jour, s'était présenté à la banque. A présent, ce coup de téléphone allait lui être d'une grande utilité. Il retournerait à la *Rose of Killarney* et demanderait à la serveuse si elle connaissait ce garçon. Que n'avait-il pensé à cela plus tôt!

Il était une heure et demie quand il pénétra dans la salle. La serveuse irlandaise était derrière le bar. Il commanda une chope de bière.

— Vous ne connaîtriez pas, par hasard, continuat-il, le nom de ce garçon qui était ici dimanche dernier. Une vingtaine d'années, brun, entièrement rasé. Il a l'index de la main droite...

— Vous êtes de la police? interrompit la fille.

S'il avait eu plus de confiance en lui, il aurait répondu par l'affirmative. Mais tel n'était pas le cas.

— Il a laissé tomber ceci, dit-il en tirant de sa poche un billet de cinq livres.

— Vous avez pris votre temps pour le rapporter, fit observer la fille.

— J'étais absent.

— Sûr que je le connais, reprit la serveuse en s'emparant du billet. Je le lui rendrai. Il s'appelle Marty Foster.

— Si vous pouviez m'indiquer son adresse...

— Vous n'avez pas confiance en moi?

Alan se rendit compte que les autres clients le dévisageaient. Il haussa les épaules et se dirigea vers la porte. Du moins connaissait-il maintenant le nom du jeune homme. Il traversa la rue et entra dans une cabine téléphonique dans l'intention de téléphoner à la police. Pourtant, il en ressortit sans avoir osé décrocher l'appareil.

Après avoir longtemps erré au hasard, il se décida à regagner la station de bus de Cricklewood. Mais comme il approchait du pub où travaillait la jeune

Irlandaise, il la vit sortir par une porte latérale. L'établissement venait de fermer pour l'après-midi. Il suivit la fille à une certaine distance, en se disant qu'elle allait peut-être apporter sans plus attendre le billet au dénommé Foster. Elle marchait d'un pas rapide, sans se retourner, comme quelqu'un qui sait où il va. Elle disparut par la porte d'une maison de trois étages. Il pressa le pas et alla lire les noms inscrits au-dessus des boutons de sonnettes. Il y avait effectivement un certain M. Foster, au troisième étage. Etait-ce lui qui avait ouvert à la jeune fille? Alan alla se poster de l'autre côté de la rue pour l'attendre. Et ensuite? Irait-il, après le départ de la jeune fille, sonner, lui aussi, chez ce Foster? Il n'était pas venu jusque là pour renoncer et rentrer sagement chez lui.

Le temps passait. Il monta et descendit la rue, sans pour autant perdre de vue la maison. Cependant, au bout d'une demi-heure, la fille n'avait pas reparu. Alan leva les yeux vers le troisième étage; il aperçut un jeune homme derrière une vitre; Mais il avait les cheveux blonds : ce n'était donc pas Foster.

Il traversa la rue et sonna à plusieurs reprises. Mais personne ne descendit. Poussé par une impulsion soudaine, il pressa la sonnette marquée B. Flynn. Au bout d'un instant, il eut la surprise de voir la porte s'entrouvrir devant la serveuse du pub. Elle n'avait plus de manteau et tenait une cigarette à la main. Ils restèrent quelques secondes à se dévisager sans un mot, et Alan eut l'impression de voir passer une lueur de crainte dans les yeux de la jeune fille. Puis, glissant la main dans la poche de son pantalon, elle en tira le billet de cinq livres.

– Reprenez votre argent, dit-elle, et remettez-le-lui vous-même si vous voulez, mais fichez-moi la paix.

– Habite-t-il ici?

– Au troisième, la porte en face de la mienne. Avec son copain.

Elle recula d'un pas.

– Un instant, dit Alan. Comment parle-t-il? Est-ce qu'il a un accent prononcé?

– Un sale accent anglais, tout comme le vôtre!

Una l'attendait dans le hall.

– Je commençais à m'inquiéter, dit-elle. Tu as été si long. Est-ce que les choses se sont mal passées avec Alison?

– Quoi? Oh! non, pas du tout. Elle s'est montrée très raisonnable.

Il la suivit dans la cuisine, où elle se mit à faire le thé. Quelle mauvaise idée il avait eu de dire qu'il était marié! Il prit la jeune femme dans ses bras, tout en craignant qu'elle ne fû capable de lire dans ses pensées.

– J'ai reçu une lettre de Stewart, au courrier de cet après-midi, annonça-t-elle.

Elle la lui fit lire. Stewart disait qu'il avait reçu de son père un coup de téléphone au cours duquel il lui avait parlé d'Una et de son nouvel ami. Pourquoi, demandait-il, Paul et elle n'iraient-ils pas habiter la villa de Dartmoor?

– Qu'en penses-tu, Paul?

– Ma foi, je ne sais pas...

– Du moins pourrions-nous aller voir si la maison te plaît. Le prochain week-end, par exemple.

– Je ferai ce que tu voudras, chérie, tu le sais bien.

Il songea que ce serait pour lui une excellente cachette, après qu'il aurait téléphoné à la police et que l'on aurait délivré Joyce. Mais, avant de passer ce coup de fil, il lui fallait être sûr que Marty Foster était bien un des deux gangsters qui avaient attaqué la banque et enlevé la jeune fille.

– Veux-tu vendredi? insista Una.

– D'accord, chérie.

Cela lui donnait encore trois jours pour se retourner.

Presque au même moment, à quelque trente kilomètres de là, l'avion qui ramenait John Purford venait de se poser sur la piste de Gatwick.

CHAPITRE XXI

Nigel et Marty ne s'étaient jamais préoccupés de compter les billets qu'ils avaient volés. Ils ne l'auraient fait que si la question du partage s'était posée. Ce mardi 26 mars, en se levant, Nigel étala l'argent devant lui, sur la table de la cuisine, et il se mit à compter. Il ignorait quelle somme on avait dépensée jusque-là, mais il constata qu'il restait encore quatre cent quinze livres. Il devait donc y avoir, à l'origine, une somme supérieure à celle qu'ils avaient cru emporter. Il sépara les billets en deux parts égales, attacha chaque liasse avec un bas noir et remit le tout dans le sac avec le trousseau de clefs des Ford Escort.

Lui et Joyce n'avaient rien mangé depuis le potage du samedi midi, et le plus grand plaisir du jeune voyou aurait été maintenant de coincer ce crétin de Marty dans une chambre de torture et de lui infliger les plus horribles souffrances. Dès qu'il pourrait sortir de cette infâme piaule, il se lancerait à ses trousses et, quand il en aurait fini avec lui, il reviendrait s'occuper de cette salope de femelle qui, elle aussi, passerait un mauvais quart d'heure. Il se demandait lequel des deux il haïssait le plus.

Depuis le dimanche, Joyce avait passé la plus

grande partie de son temps étendue sur le canapé. Elle n'avait émergé de son apathie que le lundi après-midi, au moment où avait retenti la sonnette de la porte d'entrée. Elle s'était alors levée brusquement pour se précipiter vers la fenêtre, mais Nigel s'était emparé d'elle et lui avait plaqué une main sur la bouche. Peu de temps après, ils avaient entendu la sonnette dans l'appartement de Bridey, et la jeune fille était descendue en courant. Sans doute quelque démarcheur, en avait conclu Nigel.

Le lendemain, vers midi, il rappela à Joyce la promesse qu'elle lui avait faite, tout de suite après le hold-up.

— Tu m'as dit que si je te laissais partir, tu n'irais pas à la police. Si ça tient toujours, nous pouvons filer d'ici. Je te donne deux mille livres pour aller t'installer dans un hôtel, et tu m'accordes deux semaines pour me permettre de quitter le pays. Ensuite, tu pourras rentrer chez toi et raconter tout ce que tu voudras.

— A quoi me serviraient deux mille livres dont je ne pourrais pas parler à mon fiancé et qu'il me serait impossible de dépenser? Ça ne vaudrait pas mieux pour moi que des billets de *Monopoly*. Du papier et rien d'autre.

— Tu pourrais les mettre de côté, acheter des actions ou autre chose.

Joyce se mit à pleurer. Elle se sentait épuisée.

— Et puis, ajouta-t-elle, je serais incapable de m'approprier l'argent de la banque : cela me rendrait aussi ... fripouille que vous.

Nigel poussa un grognement de rage et lui expédia une formidable gifle qui l'envoya rouler au sol.

Alors que les Bolton étaient encore en Crète, ils avaient reçu un télégramme leur annonçant la mort de la mère du docteur, et ils avaient regagné aussitôt l'Angleterre.

En arrivant chez lui, le médecin avait découvert la Ford Escort planquée dans son garage. Sa première action avait été, bien entendu, de prévenir la police. Cette dernière était sur les lieux une demi-heure plus tard. L'inspecteur chargé de l'enquête avait demandé aux Bolton de dresser une liste de toutes les personnes susceptibles de savoir : d'une part, qu'ils étaient absents et, d'autre part, que le garage ne fermait pas à clé. La liste était fort longue, et ce fut Mrs. Bolton qui, le jeudi matin seulement, se souvint des Thaxby.

Quelques heures plus tard, c'était John Purford qui se mettait, à son tour, en rapport avec la police. L'inspecteur commença par le remercier d'être venu et de pouvoir préciser, sur une carte, l'emplacement du café où il avait rencontré Marty Foster et Nigel Quelquechose. Mais il le réprimanda ensuite sévèrement pour leur avoir fourni des renseignements qui les avaient incités à attaquer la banque de Childon. Il termina en lui demandant s'il savait l'âge de Jillian Groombridge.

Le policier se rappela ensuite que le prénom assez peu fréquent de Nigel figurait sur la liste établie par Mrs. Bolton, et il se rendit aussitôt à Elstree. Le docteur et Mrs. Thaxby lui déclarèrent que leur fils se trouvait en ce moment à Newcastle ; mais ils lui parlèrent aussi de la communauté de Kensington, où la mère de Samantha affirma également que Nigel Thaxby était dans le nord. D'un autre côté, le père de Marty Foster était sans nouvelles de son fils depuis deux ans, et il déclara se soucier fort peu de l'endroit où il pouvait se trouver. Quant à sa mère, elle habitait avec son amant et n'avait pas vu Marty depuis plusieurs mois. Elle ajouta cependant que, à cette époque, il était inscrit au chômage. Sur ce, la police s'adressa aux services de l'Emploi pour savoir sa dernière adresse.

Nigel tira son passeport de son sac et se mit à le feuilleter. Jusqu'à présent, il n'avait été utilisé que deux fois, mais le jeune gangster se dit qu'il lui serait fort utile pour se rendre en Amérique du Sud, dans un pays d'où il serait impossible de le faire extrader. Une fois là-bas, il se mettrait en contact avec un journal – le *News of the World* ou le *Sunday People* auquel il proposerait son histoire en échange d'une somme rondelette.

Il proposa de nouveau deux mille livres à Joyce pour prix de son silence, mais elle persista dans son refus. Braquant son pistolet sur elle, il se demanda s'il n'allait pas l'abattre sur-le-champ. Cela lui permettrait de garder tout l'argent pour lui. Seulement, il faisait encore jour, et il entendait marcher Bridey de l'autre côté de la cloison. En tendant l'oreille, on entendait même siffler la bouilloire de Mr. Green. A quoi sert-il, se demanda Nigel, d'avoir une bouilloire qui siffle quand on est sourd comme une cruche?

Et soudain, une idée traversa son cerveau. Il passa dans la cuisine, à la recherche d'un bout de papier. Il ne trouva que l'enveloppe de la cartouche de cigarettes de Marty. Il écrivit : « Couché avec la grippe, Pourriez-vous m'apporter un gros pain

blanc? Merci. » Et il signa : M. Foster. Cela fait, il
plia le papier en quatre et glissa à l'intérieur un
billet d'une livre. Laissant Joyce affalée sur le canapé, il alla mettre son mot sous la porte de
Mr. Green.

Nigel n'alla pas ouvrir tout de suite. Il pensait que
c'était probablement le père Green qui venait de
frapper, mais il ne pouvait en être certain. Depuis le
moment où il avait glissé son mot sous la porte, la
sonnette avait retenti cinq ou six fois. Il ne se
résolut à aller ouvrir que lorsqu'il perçut de nouveau le sifflement de la bouilloire. Le pain était bien
sur le palier, avec la monnaie de son billet. Et
Mr. Green avait aussi eu la bonne idée de lui
apporter l'*Evening Standard*. Joyce poussa un petit
cri et s'avança, les mains tendues.
— Assieds-toi! ordonna Nigel en la menaçant de
son arme. Tu auras ta part.
Il lui jeta un morceau de pain et se mit à mordre
dans celui qu'il avait gardé pour lui. Il en mangea
plus de la moitié, puis alla boire un verre d'eau
additionné de whisky. Après quoi, il se mit à parcourir le journal. Il lui sembla recevoir un coup de
poing au creux de l'estomac en apprenant que l'on
avait découvert l'Escort dans le garage du docteur
Bolton. A présent, les flics n'allaient pas tarder à le
retrouver : soit par l'intermédiaire de la communauté de Kensington, soit par cet ancien camarade
d'école de Marty. Il se tourna vers Joyce, l'air
farouche.
— Ecoute, dit-il d'une voix rauque, tout ce que je
te demande, c'est de ne pas te montrer pendant
deux jours. Après, tu pourras aller dégoiser ce que
tu voudras. Une brique par jour, c'est tout de même

pas dégueulasse, hein? Tiens, tu n'as même pas besoin de garder le fric : tu peux le rendre à la banque, si tu es assez gourde pour ça.

Joyce ne répondit pas. Nigel songea que s'il partait pour l'Amérique du Sud, il pouvait aussi bien se débarrasser d'elle. Il tenterait le coup au moment où la maison serait vide. Et il en retirerait un immense plaisir. Il s'approcha de la fenêtre et souleva le châssis inférieur pour jeter un coup d'œil sur les maisons voisines. Il jugea que personne ne pourrait entendre la détonation.

Il retirait sa tête lorsqu'il aperçut un homme debout sur le trottoir d'en face. Âgé d'environ trente-cinq ans, il portait un jean, un pull-over foncé et un anorak. Il lui sembla l'avoir déjà vu quelque part, mais il fut incapable de se rappeler dans quelles circonstances. Dix minutes plus tard, l'inconnu avait disparu. Presque aussitôt, on entendit les pas de Bridey qui descendait l'escalier.

CHAPITRE XXII

Le jeudi, profitant de l'absence d'Una, qui s'était rendue chez son coiffeur, Alan retourna à Criklewood. Après avoir en vain actionné les sonnettes de l'immeuble où habitait Foster, il résolut de retourner à la *Rose of Killarney* pour tâcher d'avoir un autre entretien avec la jeune Irlandaise, laquelle ne parut d'ailleurs pas enchantée de le revoir. Elle était maintenant persuadée d'avoir affaire à un de ces sales flics qu'elle ne pouvait souffrir.

Alan commanda un demi et s'enhardit jusqu'à lui offrir un verre. Elle se servit un gin tonic. Certes, il ne lui serait jamais venu à l'idée d'entrer elle-même en rapport avec la police. Mais puisque la police venait à elle, la chose était différente. Et elle ne détesterait pas se venger de ce petit salaud de Marty Foster, qui l'avait insultée en plein bar. Elle n'avait jamais vraiment cru à ce billet de cinq livres perdu par Marty. Il était plus probable que ce dernier était recherché pour vol ou pour quelque autre méfait. Elle ne posa néanmoins aucune question, se contentant d'écouter le « policier » lui raconter qu'il avait sonné à plusieurs reprises sans recevoir de réponse.

— Marty Foster a la grippe, dit-elle. J'ai vu, l'autre

jour, un bout de papier sur lequel il avait écrit ça. Et il demandait à Mr. Green de lui ramener du pain.

– Ah! c'est donc pour ça qu'il ne répond pas, commenta Alan comme pour lui-même. Je suppose qu'il est couché.

La fille alluma une cigarette sans répondre.

– Si je reviens le voir demain, reprit Alan, est-ce que vous voudrez bien m'ouvrir la porte?

– Je ne tiens pas à avoir des ennuis.

– Je ne parle pas de la porte de son appartement, bien entendu, mais de celle de la rue.

– Ma foi, si j'ouvre la porte et qu'un gars me bouscule pour entrer, dit Bridey avec un soupir, c'est pas de ma faute, n'est-ce pas?

– Je viendrai demain vers les quatre heures. Ça ira?

Elle ne lui confia pas que le lendemain était son jour de repos et qu'elle serait donc chez elle toute la journée. Elle se contenta de faire une petit signe affirmatif, et Alan quitta le pub pour aller prendre le bus.

Il était près de six heures quand il arriva à Montcalm Gardens. Una n'était pas encore rentrée. Elle ne tarda pas à arriver, avec une bouteille de Monbazillac pour le dîner, car tous deux aimaient ce vin. Ils en étaient déjà au milieu du repas lorsqu'Alan comprit qu'elle avait dû revenir en son absence, car elle portait une jupe différente de celle qu'elle avait pour aller chez le coiffeur. Néanmoins, elle ne lui demanda pas où il avait passé l'après-midi. Leur repas terminé, ils allèrent dire au-revoir à Cæsar, lequel ne serait pas rentré, le lendemain, lorsqu'ils partiraient pour le Devon.

Una avait déjà pris les billets pour Dartmoor, et Alan regretta de n'avoir pas dit à Bridey qu'il viendrait dans la matinée. Mais il était maintenant trop tard pour modifier son programme. D'ailleurs, le fait de se rendre à Cricklewood dans l'après-midi lui permettrait de téléphoner à la police juste avant de quitter Londres. Cela, bien entendu, en admettant qu'il fût sur la bonne piste ; car, après tout, Marty Foster pouvait être parfaitement innocent.

Ce soir là, il déclara à Una qu'il n'avait pas l'intention de divorcer. Il était las de tous les mensonges qu'il était forcé d'accumuler. La jeune femme ne lui demanda pas d'explication, se contentant de murmurer :

– Evidemment, je ne suis pas divorcée, moi non plus. Seulement, si nous devions avoir des enfants ensemble, je voudrais que nous soyons mariés.

– Tu aimerais avoir des enfants?

Elle se mit à lui raconter en détail l'histoire de la petite Lucy. Ce faisant, elle se découvrait à lui tout entière, avec une confiance totale, alors qu'il avait conscience, lui, de ne lui avoir rien donné.

Cette nuit-là, il fit encore un cauchemar. Il se trouvait dans un train, les poignets emprisonnés dans des menottes et assis entre deux hommes : Dick Heysham et Ambrose Engstrand. Il ignorait où on le conduisait lorsque, brusquement, le train s'évanouit dans les airs. Et ils se retrouvèrent au milieu de la lande désolée du Devon, devant les portes grandes ouvertes du pénitencier de Dartmoor. Une femme sortit pour les recevoir. Bien que ne pouvant distinguer ses traits, Alan avait l'impression que c'était à la fois Pam et Jillian. Et, en même temps, cette femme était Annie. Mais quand elle découvrit son visage, il constata que ce n'était aucune des trois : c'était Joyce, qui portait une affreuse blessure à la tête.

Il s'éveilla en sursaut. Una n'était plus à ses côtés.

Et il la vit, devant le secrétaire, occupée à ouvrir et vider les tiroirs.

– Qu'est-ce qui te prend de fouiller dans mes affaires? lui cria-t-il. Je t'interdis ...

Elle pâlit.

– Je voulais simplement préparer ta valise, répondit-elle d'une voix mal assurée.

Elle n'avait pas encore ouvert le tiroir contenant l'argent. Alan ferma les yeux en soupirant. Il se demandait combien de temps encore il pourrait tenir secrète la présence de cet argent, alors qu'il vivait avec Una. Il se leva et s'approcha d'elle.

– Pardonne-moi, dit-il en lui soulevant le menton. Je rêvais, et je ne savais pas ce que je disais.

– C'est la première fois que je te vois en colère après moi, murmura-t-elle en se pressant contre lui.

– Je ne suis pas en colère.

Ils retournèrent se coucher, et il la prit dans ses bras.

Nigel et Joyce finirent leur pain le vendredi matin. Le temps était gris et brumeux. Le jeune gangster se demanda s'il pouvait de nouveau expédier Mr. Green faire des courses. Même un vieux crétin comme lui allait commencer à trouver bizarre qu'un jeune homme grippé pût manger un gros pain dans une seule journée. Il jeta un coup d'œil dans la rue, mais il ne vit pas l'homme de la veille. Il se dit que ce n'était sûrement pas un flic, car la police n'agirait pas de la sorte.

– Tiens-toi tranquille pendant douze heures, dit-il à Joyce. Ensuite, tu pourras aller raconter tout ce que tu voudras à la flicaille. Et rendre l'argent si ça te chante.

Joyce ne répondit pas. Elle se demandait si elle pouvait se comporter de la sorte sans faillir à l'honneur.

– Sais-tu que je pourrais te tuer, reprit le jeune gangster? De cette façon, je garderais tout le fric pour moi.

– Si je dis oui, est-ce que nous pourrons partir d'ici aujourd'hui? demanda Joyce d'un air las.

Le vendredi, un policeman se rappela soudain que, faisant sa ronde dans Chichele Road, il avait, un certain matin, trouvé un jeune homme malade affalé contre un mur. Il l'avait conduit chez le docteur Miskin, et le garçon s'était présenté sous le nom de Foster, L'agent avait fait son rapport à ses supérieurs, et deux inspecteurs s'étaient aussitôt rendus à l'hôpital de Willesden.

Marty allait déjà un peu mieux et , somme toute, il ne trouvait pas son hospitalisation tellement désagréable, d'autant que les infirmières étaient fort avenantes. Certes, les cigarettes lui manquaient et surtout l'alcool, mais il lui fallait faire contre mauvaise fortune bon cœur. Il se réjouissait aussi que Nigel ne fût pas venu le voir : il voulait l'oublier, ainsi que Joyce, l'argent et toute l'affaire.

Aussi fut-il atterré lorsque, vers trois heures de l'après-midi, alors qu'il était étendu sur son lit, il vit apparaître deux individus – visiblement deux policiers en civil – précédés de la ravissante infirmière à qui il faisait les yeux doux cinq minutes plus tôt.

Marty commença par débiter toute une série de mensonges. Il donna non point son adresse actuelle, mais la première qu'il avait eue à son arrivée à Londres. Puis il déclara que, le 4 mars, il était chez sa mère; il n'avait pas vu Nigel Thaxby depuis des mois, et il n'avait jamais mis les pieds à Childon. Au bout d'un moment, il se rétracta, donna une seconde adresse aussi fausse que la première, puis affirma avoir loué son appartement à Nigel Thaxby, lequel, à son avis, avait monté toute cette affaire – le hold-up et l'enlèvement – avec la complicité du directeur de banque disparu. Ce ne fut que le vendredi qu'il se résolut à donner sa véritable adresse. Mais, à ce moment-là, elle avait déjà été indiquée à la police par l'Agence pour l'Emploi.

Alan entassa ses vêtements dans une valise, mais il n'osa pas y placer l'argent, de crainte qu'Una ne fût auprès de lui au moment où il en retirerait ses affaires. Il se contenta de fourrer les billets dans les poches de son pantalon et de son anorak.

Dès que la jeune femme fut sortie pour aller reprendre chez le teinturier le smoking d'Ambrose, il quitta la maison à son tour, après avoir rédigé un mot qu'il laissa bien en évidence sur le guéridon du vestibule.

Una, un imprévu vient de se produire, dont je dois m'occuper tout de suite. Te retrouverai à Paddington à cinq heures. Tendresses. Paul.

CHAPITRE XXIII

Joyce avait bien donné à Nigel la réponse qu'il attendait; mais plus il y réfléchissait et moins il croyait à sa sincérité. Il était sûr qu'elle ne tiendrait pas sa promesse. Il ne voyait donc qu'une solution : la tuer dès que la maison serait vide. Le cadavre pourrait demeurer là pendant des semaines sans être découvert; mais, même en admettant que la police vînt perquisitionner au cours de ce week-end, il serait déjà loin. Et ce serait cet imbécile de Marty qui serait accusé : non point de meurtre, puisqu'il se trouvait à l'hôpital, mais de tout le reste.

Cependant, il n'avait pas entendu Bridey descendre l'escalier pour se rendre au pub à onze heures, ainsi qu'elle le faisait chaque jour. Et, à trois heures, elle était encore en train d'aller et de venir dans sa chambre. Il entassa ses vêtements dans le sac à dos de la mère de Samantha, enfila ses jeans les plus propres, puis sa veste, dans la poche de laquelle se trouvait son passeport. Il s'était rasé avec le rasoir de Marty, et il avait maintenant un air parfaitement respectable.

Joyce avait mis autant de vêtements chauds qu'elle avait pu rassembler : deux tee-shirts, un corsage, un pull-over et une jupe. Elle avait placé les deux mille livres, avec son tricot, dans le sac de plastique fourni par le magasin lors de l'achat de la laine. Cela fait, elle déclara à Nigel d'un ton ferme que, débarquant sans manteau et avec, aux pieds, des sandalettes de caoutchouc, elle ne voyait pas très bien quel hôtel serait disposé à l'accepter. Nigel ne répondit pas : il savait qu'elle ne débarquerait dans aucun hôtel. Il attendait seulement que Bridey voulût bien vider les lieux.

La jeune serveuse quitta la maison à trois heures et demi. Nigel l'entendit descendre l'escalier et, par la fenêtre, il la vit s'en aller vers Chichele Road. Mais où était la rouquine? Il se demanda s'il oserait mettre son projet à exécution sans savoir si cette fille était sortie ou non. Il en était là de ses réflexions lorsque la sonnerie du téléphone se fit entendre dans le couloir. Mais personne n'alla répondre. Il se sentit plus rassuré. Cependant, presque aussitôt, ce fut la sonnette de la porte d'entrée qui retentit à ses oreilles.

A Marble Arch, Alan acheta un porte-documents dans lequel il plaça les billets, après avoir déposé sa valise dans un casier de la consigne de Paddington. Et il était 4 h 10 quand il parvint à Cricklewood. Il sonna d'abord chez Foster. Ne recevant pas de réponse, il appuya sur la sonnette de Bridey Flynn. Sans doute la fille avait-elle oublié sa promesse; mais, après tout, elle n'avait pas réellement promis d'être là à quatre heures pour lui ouvrir la porte. Il se demandait ce qu'il allait faire – un taxi pouvait l'amener à Paddington en un quart d'heure – lorsque le père Green, un filet à provisions à la main, vint s'arrêter devant la porte de l'immeuble. Alan eut tôt fait de constater qu'il était sourd comme un pot. Aussi, dès que le bonhomme eut ouvert la porte avec sa clef, passa-t-il rapidement devant lui pour s'engager dans l'escalier.

En entendant le premier coup de sonnette, Nigel braqua le pistolet sur Joyce et la fit entrer dans la cuisine. Il avait ôté le cran de sûreté de son arme, et elle n'osa pas résister, car il était visiblement en proie à la panique, et elle sentit qu'il n'hésiterait pas à tirer sur elle si elle esquissait le moindre mouvement, le moindre geste suspect. Il la força à s'asseoir sur une chaise et passa derrière elle pour lui appuyer sur la nuque le canon de son revolver. Puis, de sa main gauche, il prit la corde, qu'il enroula rapidement autour du corps de Joyce, aussi bien qu'il le put, lui attachant les bras au dossier. Après quoi, étant allé prendre le bas noir qui se trouvait dans le sac, il posa le revolver et entreprit de bâillonner la jeune fille. La sonnette avait retenti une seconde fois dans l'appartement, et on l'entendait maintenant chez Bridey. Nigel referma la porte de la cuisine et, de retour dans le séjour, il tendit l'oreille. En bas, la porte se referma doucement. Puis plus rien. Le silence.

Le silence, bientôt rompu par des pas dans l'escalier. Sans doute le père Green, se dit-il d'abord; mais il comprit vite que ces pas n'étaient pas ceux d'un vieillard. Ils s'arrêtèrent finalement sur le palier, où ils parurent hésiter. Nigel avança sans bruit jusqu'à la porte et colla son oreille contre le panneau. C'était de nouveau le silence.

Alan n'avait pas encore frappé, parce qu'il ignorait qu'elle était la porte de l'appartement de Marty. Cependant, après quelques secondes d'hésitations, il cogna à la porte de gauche. Pas de réponse. Au même moment, Mr. Green apparut sur le palier. Tirant une clef de sa poche, il ouvrit la porte de droite. Il ne restait donc plus que celle du milieu. Alan frappa. Il perçut, de l'autre côté du panneau, le bruit d'une respiration précipitée.

Nigel glissa son revolver dans son étui, qu'il portait sous sa veste, et il ouvrit la serrure du bas. L'homme qui était sur le palier savait probablement qu'il y avait quelqu'un dans l'appartement. Mieux valait voir ce qu'il désirait. Il ouvrit la porte. L'homme portait un complet et un imperméable. Il tenait un porte-documents sous le bras, et ce détail ne laissa pas de surprendre Nigel. Il était impossible que cet homme fût celui qui avait surveillé la maison : ce devait être un vulgaire démarcheur.

– Je cherche un certain Foster, annonça l'inconnu.

– Il est absent.

– Mais il habite bien ici, n'est-ce pas?

Nigel ne répondit que d'un petit signe affirmatif. D'abord surpris par l'apparence du beau jeune homme qui se trouvait devant lui, le regard du visiteur se fit ensuite soupçonneux.

– J'ai cru comprendre, dit Alan, qu'il était couché avec la grippe.

Un éclair passa dans les yeux de Nigel, et Alan se dit que Foster devait bel et bien se trouver à l'intérieur de l'appartement. La porte se refermait lentement. Mais il n'était pas venu jusque-là pour abandonner. Etonné de sa propre hardiesse, il inséra son pied entre la porte et le chambranle.

– J'aimerais entrer un instant, si vous n'y voyez pas d'inconvénient.

Il repoussa énergiquement la porte et entra. La porte se referma derrière lui. Il aperçut le matelas sur le sol, des miettes de pain sur une chaise, un sac de plastique d'où émergeaient des aiguilles à tricoter. Foster était certainement dans la pièce voisine.

– Il faut que je voie Mr. Foster, déclara le visiteur. C'est très important.

– Il est à l'hôpital.

Derrière la porte du fond, un bruit sourd se fit entendre, puis une série de bruits plus secs, comme ceux produits par les pieds d'une chaise frappant sur le plancher.

– Quel hôpital? demanda Alan.

– Je l'ignore, et je ne peux vous fournir aucun autre renseignement.

Dans la cuisine, Joyce était en train de se défaire de la corde, dont les nœuds avaient été faits trop rapidement pour être bien solides. Nigel se plaça entre la porte de la cuisine et le visiteur.

– Qui est dans l'autre pièce? demanda ce dernier. Votre petite amie?

– C'est ça.

Alan haussa les épaules. Il commençait à reculer vers la porte du palier lorsque Nigel tourna la tête pour lancer par-dessus son épaule :

– Ça va, poupée. Une seconde, et tu pourras sortir.

Alan se figea. Il cherchait, depuis quelques jours, à identifier une voix, et c'était une autre qu'il venait de reconnaître. « Voyons un peu ce qu'il y a dans la caisse, poupée! » Il sentit le sang battre à ses tempes. Que faire? Prenant une soudaine décision, il traversa la pièce en quelques enjambées et poussa la porte de la cuisine:

Joyce s'était débarrassée de ses liens, et elle était en train d'ôter son bâillon. Alan eut du mal à la reconnaître, tellement elle était changée et amaigrie. Elle laissa tomber le bas noir sur le plancher et s'approcha de lui sans un mot, le regard suppliant.

– Où est l'autre, Joyce?

– Parti, répondit-elle en appuyant sa tête contre la poitrine d'Alan.

– Allons-nous-en d'ici, dit-il en lui entourant les épaules de son bras.

Nigel les attendait à la porte, le pistolet à la main.

– Lâchez-la! ordonna-t-il. Et foutez-moi le camp d'ici. Elle n'a rien à faire avec vous.

Alan fit entendre un petit rire. Rien à faire avec lui, Joyce? Il considéra Nigel d'un air incrédule, puis fit un pas en avant, serrant un peu plus fort la jeune fille contre lui.

En entendant la détonation et le cri strident de Joyce, il étendit le bras gauche pour lui protéger le visage, et il la jeta au sol.

La seconde balle et la troisième l'atteignirent en pleine poitrine.

CHAPITRE XXIV

Nigel s'empara de la liasse de billets qu'il avait donnée à Joyce, et il la fourra dans son sac avec l'autre. Puis, jetant un coup d'œil autour de lui, il aperçut le porte-documents tombé des mains d'Alan Groombridge. Il le ramassa, fit légèrement glisser la fermeture et constata qu'il était bourré de billets. Il le mit également dans son sac, puis ouvrit la porte et sortit.

Les détonations avaient été si fortes qu'elles étaient parvenues à faire sortir Mr. Green de chez lui. Bridey apparut aussi sur le seuil de sa porte. Bien entendu, aucun des deux ne tenta d'arrêter Nigel, qui descendait l'escalier en trombe.

– Que se passe-t-il? lui cria la rouquine.

Il ne répondit pas. L'instant d'après, il était dans la rue, déjà sombre.

La rouquine avait maintenant rejoint Bridey et Mr. Green au dernier étage.

– On aurait juré des coups de feu! dit-elle. Et ce garçon – le blond – vient de filer comme s'il avait le diable à ses trousses. Qu'est-il arrivé?

– Je n'en sais rien, avoua Bridey. Le mieux serait de le demander à ce jeune porc, qui est son copain.

Mr Green fit quelques pas en avant et se mit à frapper à la porte de Marty.

– Il faudrait peut-être appeler les flics, suggéra la rouquine.

– Seigneur! dit soudain Mr. Green en baissant les yeux.

Sous la porte, apparaissait un filet de sang qui coulait sur le linoléum beige. La rouquine mit la main devant sa bouche et se précipita dans l'escalier pour aller téléphoner.

Un sergent et un constable, venus de Willesden Green, avaient entrepris d'enfoncer la porte. Un des panneaux venait de céder lorsqu'apparurent, en haut de l'escalier, deux policiers en civil et un agent en uniforme. Ils ignoraient les événements récents et ne venaient que parce que Scotland Yard avait enfin appris l'adresse de Marty Foster. Dès que la porte fut ouverte, les deux femmes se mirent à pousser des cris aigus. Le sergent les renvoya chez elles.

Sur le plancher de la chambre, l'homme et la jeune fille gisaient enlacés. Le visage et les cheveux de Joyce étaient maculés par le sang qui coulait d'une blessure au crâne. L'inspecteur s'agenouilla et considéra avec étonnement le visage de l'homme : il semblait refléter la satisfaction, et on eût dit qu'un sourire flottait sur ses lèvres. Le policier souleva doucement le bras et aperçut les deux blessures que l'inconnu portait à la poitrine : l'une au niveau du poumon gauche, l'autre un peu au-dessous du cœur. Il laissa retomber le bras et prit le poignet de la jeune fille. Le pouls était normal, et elle se mit à battre des paupières.

– Dieu soit loué! dit-il. Du moins pour la fille.

Nigel se réjouissait intérieurement d'avoir tué Joyce. Et il se disait qu'il aurait bien dû le faire plus tôt. Il ne lui restait plus qu'à filer en vitesse à l'aéroport. Il prit par les petites rues, afin de ne pas se faire remarquer; seulement, là, il avait peu de chances de trouver un taxi. Il chercha dans son sac les clefs des Ford Escort. Si cette petite tête de Marty était capable de faucher une bagnole, lui aussi, que diable! Il se mit à parcourir les rues environnantes.

Il lui fallut près d'une demi-heure pour trouver une Escort qu'il pût ouvrir avec une de ses clefs. Il devait à présent retrouver Harrow Road et suivre ensuite les panneaux indiquant la direction de l'aéroport. La pluie s'était mise à tomber, et il y avait peu de monde dans les rues. En arrivant à Cambridge Road, il se demanda s'il devait continuer tout droit ou tourner à gauche. Tout droit, semblait-il. Il freina pour s'immobiliser derrière une voiture qui s'était arrêtée brusquement à un feu orange. Il avait pensé qu'elle allait continuer, et son pare-chocs se trouvait à moins de dix centimètres de l'autre véhicule. Si ce dernier reculait un tant soit peu au moment où les feux passeraient au vert ... N'ayant personne derrière, il engagea la marche arrière et pressa l'accélérateur. La voiture bondit et alla percuter violemment celle de devant. Il poussa un juron. Une fois encore, il s'était trompé en manœuvrant le levier.

Dans l'autre voiture, une petite Citroën Dyane, se trouvaient quatre hommes qui, tous, se tournèrent vers lui en montrant le poing. Le conducteur descendit. C'était un jeune Noir puissamment bâti. Nigel parvint à passer la marche arrière et recula rapidement. L'homme se précipita et frappa à la vitre; mais Nigel avait déjà engagé la première, et il démarrait, renversant presque le conducteur de la Citroën et brûlant les feux qui venaient de repasser au rouge.

La Dyane démarra à son tour et se mit à le suivre. Il jura entre ses dents, tourna à gauche, puis à droite dans une rue déserte où les maisons étaient visiblement en instance de démolition. Pourquoi diable s'était-il fourré là, au lieu de continuer tout droit? Il lui fallait retrouver Kilburn Lane aussi rapidement que possible. Par bonheur, la Dyane n'était plus derrière lui. Il tourna de nouveau à gauche pour sortir de ce dédale où il s'était imprudemment engagé, et il aperçut soudain la Citroën qui l'attendait, barrant la rue étroite et inhabitée où un seul réverbère était allumé. Le conducteur et ses trois passagers formaient une sorte de cordon en travers de la ruelle. Nigel stoppa.

Le Noir et un de ses compagnons s'avancèrent vers lui. Il ouvrit la vitre : il n'y avait rien d'autre à faire. Alors, tu enfonces l'arrière de ma bagnole et tu fous le camp? s'écria le premier. Qu'est-ce que ça signifie?

Sans répondre, Nigel tira son pistolet et le braqua sur les deux hommes. Puis, ouvrant brusquement la portière, il fonça. Les deux autres reculèrent. Leurs compagnons étaient debout derrière la Dyane. L'un d'eux cria quelque chose et se mit à courir. Nigel leva son arme et fit feu. Il manqua l'homme, et la balle alla s'enfoncer dans la carrosserie de la Dyane. Il tira de nouveau, atteignant cette fois un des pneus arrière. Après cela, il sentit que la détente se bloquait sous son doigt : le pistolet était vide. La gorge serrée, en proie à une panique insurmontable, il le laissa tomber au sol et fit demi-tour dans l'intention de regagner l'Escort.

Les quatre hommes s'étaient figés au bruit des détonations. Celui qui avait tenté de s'enfuir revenait maintenant à pas lents, et il avançait avec ses trois compagnons. Nigel ouvrit la portière de l'Escort, mais ils étaient sur lui avant même qu'il ne fût monté. Un des trois Blancs lança son poing et l'atteignit au menton. Nigel fut projeté contre la carrosserie et aussitôt saisi par deux autres. Ils le traînèrent sur le trottoir et franchirent une petite brèche pratiquée dans un mur. Puis, l'ayant coincé contre la façade de la maison, ils se mirent à lui boxer le visage avec la dernière énergie, tandis qu'il les suppliait de l'épargner.

Il glissa de côté et tomba sur des débris de verre et des fragments de métal rouillé. L'un des hommes s'était emparé d'une barre de fer, que Nigel sentit s'abattre sur sa tête. Les trois autres lui expédiaient maintenant de grands coups de pied dans les côtes.

Lorsqu'il reprit connaissance, il était étendu contre le mur, et il éprouvait des douleurs atroces dans tout le corps. Mais il y avait une douleur plus vive encore qui lui taraudait le cou. Il porta la main à sa nuque et découvrit, enfoncé dans les chairs, une longue aiguille de verre. Il poussa un petit cri d'horreur et, moyennant un effort surhumain, parvint à se relever. Il constata qu'il était tombé sur des débris de carreaux provenant d'une fenêtre. Portant de nouveau les doigts à sa nuque, il réussit à extraire le morceau de vitre pointu. Cependant, il sentait couler le sang de la blessure profonde. Il essaya d'appeler au secours, mais il ne sortit de sa gorge qu'un cri étranglé.

Il avait oublié la voiture, l'argent, et jusqu'à son projet de fuite pour l'Amérique du Sud. Il ne songeait plus qu'à vivre. Vivre à tout prix. Il lui fallait sortir de ce dédale de rues désertes, retrouver les quartiers éclairés et faire rapidement panser cette blessure. Il se mit à avancer, tantôt à quatre pattes et tantôt rampant sur le ventre. Il parvint ainsi jusqu'au trottoir, cherchant des yeux les lumières. Mais il ne voyait rien. La pluie continuait à tomber.

Et puis le trottoir cessa. Il se retrouva sur l'herbe. Que se passait-il? N'était-il donc pas dans la rue? Etait-il le jouet d'une illusion, d'un mirage? Sa tête heurta une barrière de bois, et il n'eut pas la force d'aller plus loin. La pluie redoublait.

A l'aube, un policeman de ronde trouva le revolver et la voiture. A l'intérieur de celle-ci, il y avait encore le sac de Nigel, son passeport et l'argent volé : six mille sept cent soixante-douze livres. On ne tarda pas à découvrir Nigel lui-même. Mais il était déjà mort.

CHAPITRE XXV

Le train était parti, et Paul n'était pas venu rejoindre Una à la gare de Paddington. La jeune femme retourna à Montcalm Gardens en se disant qu'il avait été retenu et que l'on prendrait le train suivant.

A sept heures, elle relut le mot que lui avait laissé Paul. L'écriture n'était pas des plus claires, et elle constata que ce qu'elle avait pris pour un 5 pouvait aussi bien être un 8. Peut-être le train était-il à huit heures trente et non à cinq heures trente. Elle se donna un coup de peigne, enfila son imperméable et sauta dans un taxi qui la ramena à Paddington. Paul n'y était pas.

Bien qu'il y eût un autre train dans la soirée, elle récupéra sa valise à la consigne automatique, où elle l'avait déposée à cinq heures et demie. Elle reprit ensuite – toujours en taxi – le chemin de Montcalm Gardens, convaincue que Paul l'attendait à la maison et qu'il allait lui expliquer le contretemps qui l'avait empêché de se rendre à la gare. Elle commença à avoir peur en constatant qu'il n'était pas rentré. Cæsar n'était pas non plus chez lui : il avait dû aller directement chez Annie. S'efforçant de repousser toutes les idées folles qui l'assaillaient, Una se força à manger un bout de pain avec du fromage.

Paul avait certainement reçu un coup de téléphone dans l'après-midi, pendant qu'elle était absente. Et ce ne pouvait être qu'un appel de sa femme. Depuis la visite qu'il lui avait faite, il avait beaucoup changé. Assise dans son salon, Una écoutait le crépitement monotone de la pluie. Vers dix heures, poussée par une impulsion soudaine, elle se mit à feuilleter l'annuaire téléphonique. Elle frissonna en lisant le nom et l'adresse : BROWNING, Paul, 15, Exmoor Gardens NW2. Après un moment d'hésitation, elle composa le numéro. La sonnerie retentit quatre fois. Finalement, une voix de femme lui répondit :

– Allô! Ici Mrs. Browning.

– Mr. Paul Browning est-il chez lui, je vous prie?

– Qui est à l'appareil?

Certes, Mrs. Browning était au courant de la situation, puisque son mari lui avait tout avoué. Malgré cela, Una ne put se résoudre à révéler son nom.

– C'est une de ses amies, répondit-elle. Est-il là?

– Mon mari est couché, madame, et il dort. Ne savez-vous pas quelle heure il est?

Una raccrocha le récepteur. Puis, lentement, elle monta au premier étage et se coucha dans le lit où elle n'avait pas dormi depuis trois semaines.

La jeune femme ouvrit le journal du matin. Un gros titre annonçait : JOYCE VIVANTE ET HORS DE DANGER. LA JEUNE EMPLOYÉE DE BANQUE SE RÉTABLIT A L'HOPITAL.

Il y avait une grande photo de la jeune fille,

étendue sur une civière. Une seconde, plus petite, attira l'attention d'Una. On y voyait, dans un jardin, un homme et une femme, en compagnie d'un autre homme plus âgé. Le premier ressemblait un peu à Paul.

Ne sachant que faire pour passer le temps, Una s'installa dans le salon pour lire l'article.

... La nature des blessures d'Alan Groombrigde a amené la police à penser qu'il était mort en essayant de protéger Joyce Culver. La jeune fille a repris connaissance peu après son admission à l'hôpital. D'après les médecins, la blessure qu'elle porte à la tête est superficielle, et sa perte de mémoire imputable au choc qu'elle a éprouvé. En effet, elle ne se souvient ni des circonstances de sa blessure ni même des événements du mois dernier, au cours duquel Mr. Groombridge et elle ont été retenus prisonniers dans une chambre meublée située au troisième étage d'un immeuble du nord de la capitale...

Una acheva la lecture de l'article, puis tourna lentement la page. Il ne lui restait plus qu'à attendre l'arrivée d'Ambrose.

Le Livre de Poche/Thrillers

(Extrait du catalogue)

Dans Le Livre de Poche policier

Extraits du catalogue

Le **LIVRE** de **POCHE**

IMPRIMÉ EN FRANCE PAR BRODARD ET TAUPIN
Usine de La Flèche (Sarthe).
LIBRAIRIE GÉNÉRALE FRANÇAISE - 6, rue Pierre-Sarrazin - 75006 Paris.

ISBN : 2 - 253 - 05472 - 2   30/6878/0